SONGÜL ÜNSAL

Çok Şeyden Habersizdim

*İnsanların yüreği de, yaşattıkları da mevsim gibidir,
kimisi baharı serer ömrüne, kimisi yazını kışa çevirir.*

OLİMPOS®

ÇOK ŞEYDEN HABERSİZDİM
SONGÜL ÜNSAL

Editör: Tuğba Sarıünal
Kapak Tasarımı: Betül Akyar
Sayfa Tasarımı: Sevil Şener

3. Baskı: Eylül 2021
ISBN: 978-625-7135-54-2

OLİMPOS YAYINLARI
Maltepe Mah. Davutpaşa Cad. Yılanlı Ayazma Yolu No:8 K:1 D:2
Davutpaşa / İstanbul
Tel: (0212) 544 32 02 (pbx) Sertifika No: 42056
www.olimposyayinlari.com - info@olimposyayinlari.com

Genel Dağıtım: YELPAZE DAĞITIM YAYIN SANAT PAZARLAMA
Maltepe Mah. Davutpaşa Cad. Yılanlı Ayazma Yolu No:8 K:1 D:2
Davutpaşa / İstanbul
Tel: (0212) 544 46 46 Fax: (0212) 544 87 86
info@yelpaze.com.tr

Baskı: MY Matbaacılık San. ve Tic. Ltd. Şti.
Maltepe Mah. Yılanlı Ayazma Sok. No: 8/F Zeytinburnu/ İstanbul
Tel: (0212) 674 85 28
Sertifika No: 47939

SONGÜL ÜNSAL

Çok Şeyden Habersizdim

İnsanların yüreği de, yaşattıkları da mevsim gibidir,
kimisi baharı serer ömrüne, kimisi yazını kışa çevirir.

OLİMPOS®

Okuduğun her satır
yüreğini sımsıkı kucaklasın
ve ömrüne şifa olsun.

İmkânsiz olduğunu düşünerek vazgeçtiğin
tüm güzelliklerin kapını çalması dileğiyle…

Çok şeyden habersizdim.

Ömrüme huzurun bahar gibi ansızın geleceğini bilmezdim. Ve bilinmezlik o anda insana ne kadar dayanılmaz gelirse, gelecek olan yarınlar da o kadar güzel oluyormuş. İnsan yeter ki sabretmesini bilsin. İnsan yeter ki dua etmesini bilsin.

Hayat sürprizlerle doludur. Bugün ne yaşamış olursan ol mutlaka bir yerlerde senin çektiğin dertlerinin yerine çiçekler ekiliyordur. Gözlerinden akan her bir damla yarınlarını yıkayacak. Daha temiz bir sabaha uyanacaksın.

Belki şu an çok şeyden habersizsin ama unutma ki ALLAH'ın iyi insanlar için her zaman güzel bir planı vardır.

Beklentilerini ne kadar yükseltirsen düşüşlerden de o kadar zarar görürsün.

Işığınızı kendisini parlatmak için kullanan kimseye yanaşmayın. Aksine ışığınıza ışık katan insanlarla birlikte olun. Her defasında olumsuz cümlelerle gelen insanlara gitmek için yormayın kendinizi. Siz o ışığı kolay elde etmediniz.

Elbette iyilik yapacaksın, insanlara koşacaksın ama herkese karşı bir nebze de olsa temkinli olacaksın. Beklentilerini ne kadar yükseltirsen düşüşlerden de o kadar zarar görürsün. Kimsenin seni aşağıya bırakmasına izin verme.

Seni aşağıya çeken insanlardan kurtulamadığın sürece ilerleyemezsin. Aksine geriye doğru gidersin. Önce gülüşünü sonra hayallerini kaybedersin. Umudunu bile zehirlerler sen fark etmeden. Geleceğini aydınlık yapan ışığını söndürürler.

Sürekli bir kaosla meşgul olursun. Vardır böyle insanlar hayatında ve aradıklarında bile tedirgin olursun, hayatından çıkarsan canını sıkacak korkusuyla her gün canının sıkılmasına izin verme.

Başkalarının bile bile seni
kıracağı kadar iyimser olma.

Önemli olan yoluna çiçek seren değil, yolundaki çiçekleri koparmayan, besleyendir.

Her yol kendince zordur, yokuşları vardır, engebelidir. Kimisi seninle yürürken büyük kayaları çakıl taşı olarak görür, kimisi de çakıl taşına takılıp; "Senin yolun zor." diyerek geri döner. Sevdiklerim için çok yürüdüm, koştum, düştüm. Benim senin için ne kadar koştuğumu, durduğum zaman anlayacaksın.

Ne kadar yorulduğumu, geri döndüğümde hissedeceksin.

Acıyla geçen geceler, en aydınlık sabahlara dönerler...

Gecenin zifiri karanlık örtüsü yavaşça kalkıyor ve yerini mucizevî bir kızıllığa bırakıyordu. Henüz uyanan insanlar gibi değil ama karanlığı da deneyimlemiş biri gibi baktığımdan anlayabiliyordum mucizeyi. Hayat, ilginç bir biçimde zıtların dengesi üzerine kuruluydu. Kızıllıktaki ahengin umut anlamına geldiğini, umutsuz geçen bir geceyi deneyimleyenler anlayabiliyordu.

Karanlığa ilk düşüş zordu ve sonsuza kadar orada kalacakmış hissi veriyordu insana. İçinde fısıldayan ve duyulması neredeyse imkânsız olan bir ses; "Bitecek." dese de zaman geçtikçe içindeki ses de senden uzaklaşıyordu sanki.

Yeniden yeşermesi muhtemel umutlar, vakitsiz gelen bir trenin soğuk bir kışa uyanmış yolcuları gibi teker teker ayrılıyordu ruhundan ve sen korkularınla tanışıyordun. "Olmaz." diyorlardı, "Bitti artık. Sen bu acıdan çıkamazsın. Sen geceyi devirip sabaha bile ulaşamazsın."

Dünyaya açılan penceren öyle bir daralıyordu ki korkularına inanmaktan başka yol kalmıyordu sana. Oysa dışarıda çoktan sabah olmuştu ama sen kapalı duran kalın bir perde yüzünden göremiyordun ışığı.

Korkuların gerçek bile değildiler ama ufkunu kapatan kalın bir perdeye dönüştüler. Şimdi derin bir nefes al ve sadece sen inanırsan sana zarar verecek olan korkularınla yüzleş. Rab'imin kullarını eşit şekilde sınava tuttuğunu hatırla.

Senden daha fazlasına sahip olana
daha fazlasını kaybettirdiğini unutma.

Kendimden biliyorum...

Günün ağarmaya başladığı saatlerde çalışma masamda dertleştiğim onlarca satırın ağırlığı ile gözlerim neredeyse iflasın eşiğindeyken geceden beri yazdıklarıma dönüp baktım. Ne kadar çok birikmiş meğerse sustuklarım diye kendime kızarken, geçmiş yine beni uyutmamak için elinden geleni yapmıştı. Biliyordum artık uyumam gerekiyordu ama kendime eziyet etmeyi huy hâline getiren ben, ne yapıp edip yine feneri yazarak söndürmeyi başarmıştım. Ama işte ön tekerlek nereye giderse, arkasındaki tekerlek de onu takip ediyor ya hani, ben de bir türlü uyum içinde süremiyordum hayat bisikletimi.

Tekerleklerin nereye fırladığını bilmediğim, hayatın, jantlarını çoktan kopardığım bir dönemindeydim. Olmasını istediklerim tüm çabalarıma rağmen bir türlü olmuyor ve başarı beni bir şekilde teğet geçiyordu. Oysa benim de heves ettiklerim, hayalimde beslediklerim ve soldurmamaya çalıştığım iyi niyetlerim vardı. Ama gittikçe zorlaşıyordu ayakta kalabilmek. Her şeye rağmen ben de varım diyebilmek. Başarmanın imkânsız olduğuna inanacak kadar çok başarısızlığı deneyimlemek... Üstelik hayatımın tek bir alanında değil bu hemen hemen her konuda böyleydi.

Her şeyden çok çabuk sıkılır olmuştum. Nasılsa bu da olmayacak diye düşünürken yeni bir işe başlamak bile anlamsız geliyordu. İsteğim, hevesim ve sevinçlerim gökyüzünde bir anlığına yanan ama hemen ardından kaybolan yıldızlara dönmüştü. Kimse adım atarken yolun çıkmaz bir sokağa vardığını düşünmek istemez ama ben en başından görüyordum yolun sonundaki o duvarı. Anlamsız geliyordu o yüzden...

Kafamı dağıtmak için yazmaya sığınıyor, dualar ediyor, hobiler buluyor ama tam olarak ne yapacağıma karar verememenin bocalaması ile hemencecik pes ediveriyordum. Ayakta kalabilmek için verdiğim mücadeleler buradan nereye yol olurdu bilmiyordum ama bildiğim bir şey vardı o da; hiçbir şeyin olmasını istediğim gibi gitmediğiydi. Yorgunluklarımı, kırgınlarımı, kalabalıklar içinde yalnız kalışlarımı bir kenara koymuş artık bunlara takılmaktan da vazgeçmiştim üstelik. Fedakârlık yaptığım ve ertelemek zorunda kaldığım ***ben***, fazlasıyla canımı sıkıyordu. Aslında mevzuum kendimleydi. Henüz hayatımın kaçıncı evresinde olduğumu da bilmiyordum. Dedim ya; **"Çok şeyden habersizdim."**

Belki yarın belki yarından da yakın dediğimiz son nefes mevzusu gelip çörekleniyordu zihnime. O zaman bir nebze olsun silkeleniyor ve dolu dolu yaşamam gerektiğini idrak etmeye başlıyordum. Çok yorulmuştum dinlenmeye fırsatım bile

Daha fazla gülümseye çalış. Sokakta yürürken bir çocuğa, ağaçlara, hayvanlara, hatta bulutlara... Şükürle gülümsemenin verdiği lezzeti hissettikçe bu senin mutlu olmak için yaptığın bir alışkanlığa dönüşecek ve çıkıp yürüyüş yaparken kâinata gülümsemek için fırsatlar yaratırken bulacaksın kendini.

Daha az yadırga, daha az yargıla ve daha az eleştir. Bırak, ben biliyorumcular gibi olmayı kendi doğrularına sarıl ve başkalarının doğrularını kurcalama. Herkes ne ile mutlu ise öyle yaşasın. Sen kendi hayatına odaklan. Daha fazla onayla ve kabul et. Şimdiye kadar bir türlü başaramadığın şeylerin öyle olması gerektiğini ve şimdiden sonra her şeyin senin hayrın, bereketin, huzurun ve neşen doğrultusunda olumlu yönde sana geleceğini, seni bulacağını onayla ve kabul et. Hayatın içine dal ve mutlu olmayı seç. Çok fazla düşünerek kaybettiğin zamanlara acımadan yaşa.

Kendine daha fazla değer ver. Değer yargılarını gözden geçir. En önemlisi de korkma. Daha az korkmayı denersen zamanla korkmadan adım atmaya alışır ve cesaretini her zamankinden daha sağlıklı düşünerek toplar, olması gerektiği gibi yol alırsın. Alıştıra alıştıra kendini sıkmadan ve bunaltmadan yaşam tarzını ve düşünce yapını sana iyi gelecek şekilde tüm bunlara dikkat ederek değiştireceksin.

Kendinden vazgeçme ve kendini sev.

İnsan kendisinden vazgeçince hayata dair güzel olan ne varsa silinir gider. Sen kendine değer vermeye başladığında göreceksin ki güzellikler kendiliğinden gelecek. Unutma; sevdikçe güzelleşecek, sevdikçe iyileşeceksin.

Sana en çok sen lazımsın...

Hayatımızda her şey bizim istediğimiz gibi gitmez. Çekip gidenler yüzünden sen de kendinden gidersen kimseler uğramaz sana, ne yapsan kendine gelemezsin. Kendinden bile sıkılır ama üzerine yapışıp kalan acıdan bir türlü kurtulamazsın.

Unutmanın en güzel yolu kendini hatırlamaktır. Kendini unuttuğun için sana yapılanları hatırlıyorsun. Böyledir insanoğlu, önce seni sana unutturur, sonra kötü anıları da bırakır gider. Oysa sen bunu hak etmiyorsun. Kendine layık gördüğün ve benimsediğin tüm acılar için kendinden özür dile. Değmeyecek bir insan uğruna vazgeçtiğin ne varsa yeniden kazan onları. Sana en çok sen lazımsın. Hâlâ nefes alabiliyorsan, ağlarken bile elini kalbine bastırdığında umudu hissedebiliyorsan hayat sana yeni bir şans tanıyor. Bu şansı reddetme. Sen zaten seni hak etmeyen biri için kendine fazlaca eziyet çektirdin. Şimdi gülme sırası sende. Onun nasıl bir hayat sürdüğünü ya da kimlerle nerede mutlu olduğunu düşünme. Bu sana hiçbir şey kazandırmaz. Sadece sen mutlu olursan kazanabilirsin. Hem seni önemsemeyen bir insanın gidişine kaybetmek denebilir mi?

Nasibinin bir yerlerde seni beklediğini unutma. Eğer senden giden senin için hayırlıysa Rabb'im onu mutlaka geri döndürecektir. Kader çizginde başka bir insanla buluşmak varsa Rabb'im bir şekilde onu karşına getirecektir. Her şeyin senin hayrına olduğunu ve olacağını bil. Kendine eziyet ettiğin acı veren düşüncelerden kurtulmak için Rabb'ine teslim olmayı dene. Affet ve göğsüne baskı yapan yüklerin tamamını Allah'a havale et. Şüphesiz ferahlık ondadır.

Karamsar olman için çok sebep vardı kabul ediyorum. Ağladın çünkü hakkını yediler, kızdın çünkü kendini anlatmana izin vermediler, üzüldün çünkü mutluluğu sana çok gördüler. Üstelik hiçbir şey olmamış gibi senin düştüğün yerden hızlıca ayağa kalkmanı beklediler.

Ama bu demek değildir ki her şey böyle gidecek. Gidenler zamanla kötü anıları da alıp gidecek. Dünya bir rüya âlemi ve gidenler kalanları uyandırır. Hem kaybeden sen değildin ki... Sevginin değerini bilmeyen bir yolculuyu uğurladın sadece. Zannetme ki senden sonraki duraklarda mutlu olabilecek.

Rengârenk çiçeklerle ödüllendirileceksin...

Hepimiz sıkı sıkı sarıldık bir şeylerin düzelmesi umuduna. Teselli ettik kendimizi; "Dayan kalbim, üzülme hepsi geçecek." diye tembihler yaptık. Yaşarken öğrendik ve yaşadıkça deneyimledik. Bazen zor günler geride kaldı diye düşünerek derin bir "oh" çektik, bazen de var olan derdimizin üzerine akla hayale gelmeyecek yepyeni dertler eklendi, daha da dibe çöktük.

Kimimiz pes etti, kimimiz yola devam etti. Kimimiz affetti, kimimiz nefret etmeye devam etti. Kimimiz tecrübeyi öğrendi kimimiz umutlarına veda etti. Devam ettiğin sürece kazanan sen olacaksın unutma. Sevmekten, güzel anılar biriktirmekten ve umut etmekten vazgeçme. Her zaman mutlu olmak mümkün değildir ama acılar da sandığın kadar kalıcı olmazlar.

Aldığın her nefeste birilerine ah etmek yerine sana nefes alma şansı tanıyan rabbine şükret. Sahip olduğun onca şey varken kaybettiklerine üzülerek vaktini öldürme.

Neyi ne kadar yaşarsan yaşa, neyle nasıl imtihan edilirsen edil, sevdiklerinin bir tebessümü için çabalamaktan vazgeçme. En çok da kendinden vazgeçme ki, mücadelen bir gün gönlünde rengârenk çiçekler açtırsın. Yeter ki inan... Kırmızı, pembe, sarı, mor çiçekleri getir gözünün önüne.

Hiçbir şeye geç kalmış değilsin. Her umudun bir tohum olduğunu unutma. Gülümse ve şimdi ek o tohumları gönlünün derinine. Az kaldı. Rengârenk çiçeklerle ödüllendirileceğin güzel günleri bekle…

Güzel bir kalbe sahip olmak, hata değildir…

Beynimden aynı anda hızla geçen düşünceler, tonlarca ağırlıkta olmalarına rağmen bir balkondan diğer balkona zıplar gibiler. Saniyesinde değişen anılar arası gezintilerim beni alt üst etse de hayata bir yerden tutunmaya çalışıyorum, tutunduğum şeylerin elimde kalmasına rağmen. Üstelik ellerim bile boşken…

İnsan, "Nerede hata yapıyorum?" diye düşünmeden edemiyor. En kötüsü de bu zaten, hata yapmadığını bile bile kendinde hata aramak. Sadece sevdiğin ve değer verdiğin için hatalı olabilir misin? Tüm kalbinle kendinden özür dile. Gereksiz yükleri sırtında taşıdığın için bu kadar yorgunsun. Hak etmeyen birine yaptığın onca fedakârlık yüzünden kendi kul hakkına girdin.

Haklı olduğundan emin olduğun her konunun arkasında dur. **En çok da merhametten uzak kalan insanlar seni merhametinden vuracak.** Sana kendini suçlu hissettirerek kendi değerlerini yükseltmeye çalışacaklar. Seni kullanacak, seni üzecek ama sürekli iyilikten bahsedecekler. Onlara aldanma. Sen kendinden emin ol ki, kaderin adaleti onlara da denk gelsin. Sen kendine yoluna bak ki, gönlünde açan taze çiçeklerin ezilmesin.

Hassas olduğun yerden sınanacaksın. Oradan girecekler konuya. Haklıyken kendini özür dilerken bulacaksın. Duygularını manipüle eden insanlardan uzaklaş, hatta kaç. Kendi hatalarına bile seni sebep gösterecekler ve sen izin verdiğin sürece iyi olan her şeyini yok edecekler. Değer mi? Sen bu yaşa kolay gelmedin.

Ayrıca her insana karşı haklı çıkamazsın. Ne kadar savunursan savun kendini, kendisine odaklandığından senin açından bakmayacaktır olaya. Sadece kendi tarafını tutmaya ve seni suçlamaya devam edecektir. Kimi insanlara özür dilemek zor gelir ve bu nedenle merhametini köreltmek daha kolaydır onlar için. Bırak haklı bilsin kendisini. Eğer hayatında çok özel yere sahip değilse nasıl bilmek isterse öyle bilsin seni. Sen kendini bil yeter ki…

Unutma herkes her şeyin farkındadır aslında. Haksız olduklarını da bal gibi bilirler ve bu nedenle zehirli bir haksızlığı vicdanlarına daha yakın görürler. Sen onlardan olma. İyiliği, merhameti ve sevgiyi önceliğin yap.

Hassas olduğun yerin güzel kalbin olsun.
Yeter ki kapında kötü niyetli insanları barındırma.

Seni üzen insanları hayatından
çıkarmadığın sürece onlar sana öyle
haksızlıklar yapmaya devam ederler ki
sen kendi hayatından çıkmak
zorunda kalırsın.

Hiçbir acı öylesine yaşanmadı...

İnsanoğlu hayatı boyunca hep mücadeleler içinde bulmuştur kendisini. Hayata karşı amansız bir savaş içindeyiz. Her yenilgi aklı başında bir insan için galibiyet olmuştur. Çünkü hiçbir aksilik öylesine değildir. Hayat bizi aslında cezalarıyla ödüllendiriyor. Ceza gibi gelen bir olay yıllar sonra ödüle dönüyor. O yüzden karar vermekte acele etme. Neyin senin için hayırlı olduğunu, bulunduğun yerden göremeyebilirsin. Ancak biraz daha ilerlediğinde ve zaman geçtiğinde iyi ki kurtulmuşum dersin. Yani bazen bir insanı kaybetmemiz, zannettiğimiz kadar kötü olmayabiliyor, kısa vadede bizi yıpratsa da uzun vadede güçlendiriyor. Sadece ısrarcı olma. Üzerine düşen her şeyi yaptığına inanıyorsan ve vicdanın rahatsa daha fazla reddedilmek için o kişinin kapısında bekleme.

Hayatımıza giren herekese bazen haddinden fazla değer veriyoruz bazen o kadar abartıyoruz ki değer vermeyi kendimizi değersizleştiriyoruz. Bazı insanların hayatımıza öylesine girdiğini unutuyoruz ve ölesiye emek veriyoruz. Tüm imkânlarımızı zorlayarak çabalıyor ve üzülsek de o insanın peşinden gitmeye devam ediyoruz. Sırf bu yüzden annemizi babamızı kırıyor, fırsatları kaçırıyor ve kendimizi sevilmeye layık görmüyoruz.

Hiçbirimiz emek verdiğimiz şeylerin ziyan olmasını istemeyiz ve bu nedenle değersiz hissettiren insanlara daha fazla emek vermeye bayılırız. Bir emek boşa gitmesin diye günden güne artan emekler birisinin bize emek vermemesi noktasına getiriyor bizi. Sanki ayrılırsak onun için yaptığımız fedakarlıklar da çöpe gidecekmiş gibi daha fazla tutunuyoruz o insana. Vazgeçmek kolay olmuyor çünkü kendimizden bile vazgeçmişiz bir noktada. Ne yazık ki herkese karşı çizgimiz olsa da sevdiklerimize karşı çizgimiz ve dur noktamız olmuyor. Bütün sınırlarımızı açıyoruz o insana. Bize her türlü acıyı çektirebilme özgürlüğünü sunuyoruz.

Büyük beklentiler büyük yıkıntılar getirir. Çok sevince çok seviliriz zannediyoruz. Sevmek, değer vermek ve çaba göstermek karşılıklı olunca anlam bulur. Ama biz tek taraflı sevginin kurbanı olduğumuzu fark etmiyoruz.

Kırıldıkça güçlenecek, güçlendikçe yaşamayı öğreneceksin...

Hayatının merkezine aldığın insan, seni hayatına bile almadığı zaman anlayacaksın her insanı hayatına almaman gerektiğini. Her sevginin karşılık bulmadığını kabulleneceksin. Acının insanı olgunlaştırdığını, acı çeke çeke öğreneceksin. Kırıldıkça güçlenecek, güçlendikçe yaşamayı öğreneceksin. Olsun diye sızlandığın bir çok olayın seni sızlatmadığına şahit olduğun anda anlayacaksın; bazıları olmasa da olurmuş aslında.

İzin ver hayatın sana bir şeyler öğretmesine... Acını bastırma, yaşa, nasıl ki mutluluğunu gizlemiyorsa insan acısını da gizlememeli. Yaşamaktan çekindiğin her duygu seni güçlendirecek, acısıyla, sevinciyle, hüznüyle.

Ertelenen acıların birikir ve bir sabah gün yüzüne ansızın çıkar. Sen ne kadar diretirsen diret bir şekilde öğrenmen gerekeni öğretir, görmezden geldiğin ne varsa gözlerinin önüne serer. Israrla kabullenmediğin ve affetmediğin geçmişin, gelecek kurmana izin vermez. Israrla yüreğinin kıyısında, beyninin bir köşesinde bir kitle gibi kalır. Müdahale etmediğinde ise ağır bedeller ödetir.

Geçmiş tekrar yaşanmaz.
Geçmişten sadece ders alınır.

Bir eksiklik, hiç bu kadar fazla olmamıştı.

Sabır vazgeçmek değil, umudu ertelemektir…

Can özüm bak, ben senden vazgeçtim. Yeniden yüreğimin düşüncelerimle kavga ettiği o anlardayım. Ama bilirim ki gitmem gerek. Eğer gitmezsem kendime ihanet edeceğim, eğer gitmezsem yarınlarım olmayacak.

Her şeyin değeri anlaşılır kaybedince, sen de benim değerimi elbet bir gün anlayacaksın. Anlayacaksın yaptığın merhametsizliklerinin beni benden aldığını, bir daha beni sana getirmeyeceğini. Kalbimden uğurluyorum seni bir sonsuzluğa.

Sabrediyorum ama vazgeçmiyorum. Çünkü sabır vazgeçmek değil umudu ertelemektir. Ben umudumu başka mevsimlere sakladım. Bilirim iyi insanlar mutlaka bir gün kazanır. Kaybettiğimi düşündüğüm her şey, bana beni kazandırdı. Her sabah daha bir ben olarak uyandım. Gördüm, öğrendim, ağladım ama asla umudumu kaybetmedim.

İnsan umudu oldukça güçlenirmiş. **En güçlü insanlar, yüreğindeki yara izlerinde umutla çiçekler yetiştirebilenlermiş.** Ben o çiçekleri her sabah gözyaşımla sulasam da gülüşümde güneşlendirdim.

Her gece karanlığa bağlanır ama sen, benden çaldığın gündüzlerimle bir başkasına ışık saçtın oysaki. Hayallerimin ışığı olacakken, karanlıklar bıraktın bana ama anladım ki içleri kararmış insanlardan sevgi beklemek taşa tohum ekmek gibiymiş. Anladım ki karanlığın insanın içinde olmaması gerekirmiş.

Beni yakarak başkalarına ışık saçtın. Bunu senden asla beklemezdim. Bak ben bunu ölsem bile unutmam. Herkese güller uzattın ama dikenlerini benim kalbime sapladın. Tüm yolları bilirken bir bana gelen yolları mı unuttun?

Ah, kuşların kanadında göçüp giden umutlarım, durma umuda koş, elbet kırıldığımız yerden çiçekler açarız. Elbet her gece gündüze bırakır kendisini. Bu hep böyle sürüp gidecek değil ya.

Sevmektir mühim olan.

Herkes kendince o kadar haklı ki "Haklıyım." demeye çekiniyor insan bazen. İnsanların dur noktası yok. Hayatta hepimize yetecek kadar mutluluk var ama buna rağmen ısrarla insanların elindeki mutluluğu isteyenleri ömrüm boyunca anlayamayacağım. Herkes bir başkasının mutsuz olmasıyla ilgileniyor. **Sadece gerçekten mutlu olanlar kendi içine odaklanır.**

Önce kendi içine gülümsemeyi öğrenmeli insan. Kendi kalbine gülümseyebilen diğer insanların kalbinde sıcaklık bulabilir ancak. Yaralamak, ağlatmak kolay olanıdır. Sevmektir mühim olan. Kucak dolusu sevgi vermektense ağız dolusu nefret sunmak bana sıcak gelmiyor. Yüreği ısındırmak için bazen gülümsemek yeterli olabiliyor.

Ağız dolusu gülüşünüzü harcamayın,
gülüşünüze gözyaşı dolduranlar yüzünden.

Öyle çabuk çıkamıyorum insanların hayatından, defalarca üzülmüş olsam bile özlüyorum.

İnsan özleyince ne kadar kırıldığını da unutuyor. Gönül kapımdan uğurladığım herkese kapı deliğinden baktım defalarca. Beni sıkıntıya sokacak insanları özlesem de almadım tekrar hayatıma.

İnsanlara göre küçük şeyler yüzünden çıkarırdım onları hayatımdan ama ben o noktaya gelene kadar çok büyük savaşlar vermiş oluyorum, çok şeyi sineme çekip ağlamış oluyorum. **Defalarca kendi içimde haklı çıkardığım insanları hayatımdan çıkardım.**

Çok savaş verdim, vermedikleri değer yüzünden. Çok sonra anladım anlamak yetmiyormuş. Anladıklarımı eyleme dökmem gerekiyormuş. Direnerek hiçbir şeyi çözemiyormuşum, ellerim o kadar uzun değilmiş.

İnsan, kuruduğu topraklarda tekrar çiçek açamıyor.

Dünyaya fazlalıkmışım gibi hissediyorum,
bir yanım eksik olduğu için.

Uzaktan hasret çekmek, yan yana hasret çekmekten daha kalitelidir…

Bazen gerçek mesafe, iki kalp arasındadır. Anlaşılmadığın insanlara karşı yorma kalbini. Kendisini savunurken, hata yaptığı hâlde bir şekilde kendisini haklı çıkaran insan senin de haklı olduğunu elbet bilir. İnsanlar sadece işine geldiği gibidirler. Onları olduğu gibi kabullen. Yüreğini sana karşı karartmış insanlar senin kendi savunmanı önemsemezler. Sana gerçek değeri veren insan zaten seni yormaz. İnsanlar kaybetmekten korktuğu kişileri yormaz.

Mutsuz uyumanıza ve mutsuz uyanmanıza izin veren insanlar, hayatınızdan gitmek için izin istiyordur aslında. Bu; "Ben gidemiyorum ama sen git." demenin kibar hâlidir.

Olsun diye çırpındığınız her durum karşı tarafa daha çok eminlik kazandırır. Daha da emin olurlar savurduğunuz "Giderim." tehdidinin ardındaki, ona olan muhtaçlığınızdan.

Sana soğumuş gönüllere sıcaklık sunma.
Buzlar içinde yanan sen olursun.

Adım atmaktan korkmuyorum...

Geçmişle yaşanmaz. Geçmiş, geleceğini değiştirmez belki ama eskiden seni üzen duygularına gülümsersen hikâyen değişir, daha bir sen olursun sonunda. Aslında insan olgunlaştığını, üzüldüğü olayları gülümseyerek hatırlayınca anlıyormuş. Beni yerle bir eden birçok konu şu an beni sadece gülümsetiyor. İyi ki yaşamışım diyorum, iyi ki üzülmüşüm. İyi ki kırmışlar beni. İyi ki çekip gitmiş hayatımdan ben ona bir türlü yol veremezken.

Benim, ben olmamı sağlayan şey, beni ben olmaktan çıkaran duygularmış. Kötü duygularımdan arınmışım aslında. Bana bulaştırmaya çalıştıkları kötülüğü bir türlü kabullenememişim. Bir yerde bir hata olduğunu fark etmişim aslında.

Beni huzursuz eden, kalbime şüphe bırakan insanları belki bırakamıyorum ama biraz daha ardımda bırakıyorum.

Beklentim yok kimseden. Mutlu ederse ne âlâ ama üzerse şaşırmıyorum. **Eskiden iyilik yaptığım insanların bana asla kötülük yapmayacağını düşünürdüm, kendime yaptığım en büyük kötülük buymuş meğerse.** Biraz kalbim yandı ama olsun, yaşadıklarımın hepsi önümü görmemi sağladı. Şimdi daha aydınlık bakıyorum geleceğe. Adım atmaktan korkmuyorum çünkü yaşanan ya da yaşanacak olan her şeyde bir hayır gizlendiğini biliyorum.

Kalbin yandıkça geleceğine ışık olacak.

Değer gördüğüm kadar değer vermek; bu hayatta verdiğim en güzel karar oldu.

Bu zamana kadar öğrendiğim en güzel şey, sessiz kalmak oldu. Tuz buz olmuşçasına kırılmış, sarsılmış, hayal kırıklığına uğramış ya da incinmiş olsam da, her şeyin olabileceğini, herkesin her şeyi yapabileceğini kabullenmek beni inanılmaz güçlü hissettiriyor.

Bazen güçlü olmak, güçlü bir hayal kırıklığından geçiyormuş. Ben bunu en çok, yüreği güçsüz insanlarla hayal kurarken öğrendim. Öğrendim ki, insan yalnızlığı da sevmeliymiş. Yalnız kalmama korkusuyla sığındığım yanlış insanlar oldu. Gereksiz dostlukların gereksizliğini onlardan kurtulunca hissettim. Ben yalnızken daha mutluyum.

Birileri mutlu olsun diye çırpındıkça onların benim çırpınışlarımı görevimmiş gibi hissettiklerini, benim için hiç uğraşmamalarından anladım. Oysa en büyük görevim kendimle ilgiliydi ve ben en çok kendimi ihmal etmiştim.

İnsan, değer gördüğü yerde çiçekler açar. Kimseden bana çiçekler uzatmasını asla beklemedim. Onlara büyüttüğüm çiçekleri soldurmasınlar yeter dedim. Ama kaderde çiçeklerinin ezildiğini görmek de varmış. Yeni tohumların yeni umutlar olduğunu bilecek kadar deneyimliyim artık. Aslında insanoğlu, ezildikçe güçlenen bir bahçe taşıyor içinde.

Artık çabalamıyorum. Umursamaz hâllerimi seviyorum. **Değer gördüğüm kadar değer vermek; bu hayatta verdiğim en güzel karar oldu.** Kendimi anlatmak için harcadığım zaman sadece benden gitmiş oysaki. İnsan kendisini yorduğuyla kalıyormuş, kendisi için bir adım dahi atmayan insanlar için.

Beni huzursuz eden insanlar uyurken mışıl mışıl, sabaha kadar beynimi yırtarcasına düşünmek akıllandırdı beni.

İyi şeyler zamanla, güzel günler sabırla ve hak ettiklerin kaçınılmaz bir hızla sana gelecek. Sadece vazgeçme…

Kendi yolunu bulabilmiş insanlara çıksın yolumuz...

Hiçbir şey durduk yere yaşanmıyor aslında. Evren, muhteşem bir nizama sahip... Tıpkı karşılaşmaların tesadüf olmadığı gibi ayrılıklar ceza, vazgeçişler de bitiş değil. Acıdan umudu yeşerten Rabb'im, bekle diyor bazen, sadece bekle.

Çünkü hiç kimse sebepsiz dâhil olmuyor hayatımıza. Karşımıza çıkan her insanın ve başımıza gelen her olayın bize kattığı iyi veya kötü bir öğretisi oluyor. Muhakkak bir görev için giriyorlar hayatımıza. Bizim idrak etmemiz biraz zaman alıyor sadece hepsi bu.

Kiminin sözcükleri hayatımızı değiştirmeye ve güzelleştirmeye yeterken, kiminin bir bakışı bile yetebiliyor üzülmemize. Böyledir insanoğlu kendine iyi gelene; "İyi ki hayatımdasın." diye methiyeler sıralarken, yarasına dokunana; "Keşke..."

diye sessiz serzenişler eder. Söylemek ister söyleyemez. Susar da susar bazen. Üzüldüğünü de belli edemez karşısındakine. Patlama anı yaşanmadan ufak ufak mesafeler koyar ki, üzen kişi anlasın da uzaklaşsın diye. Bazen uzaklaşır bu kişi, bazen de yakanıza yapışan alacaklı gibi daraltır sizi.

İşte böyle zamanlarda susmak yerine en başından bazı rahatsızlıklarınızı aktarmalısınız o kişiye. Onun size yaptığını asla ona yapmadan, kırmadan, dökmeden, eski yaralarını kanatmadan. Uzaklaşma sebebinizi anlamasa bile en azından koyduğunuz mesafe minnete geçer ve dönüp size; "Neden benden uzaklaştın?" diye sorduğunda; "Ben sana demiştim." dersiniz. Yerinde cümle kurmak ferahlatır ve ferahlıkla susmaya devam edersiniz.

Bazen de öyle bir insan girer ki hayatınıza; kalbi, sözü, duruşu, ruhu, karakteri, hâl ve hareketleri ile hayran bırakır kendisine. Eski acılarınızı hatırlatmaz ve yerini bildiği yaralarınızı asla kanatmaz. Seni sana hatırlatır sadece. İçindeki gücü keşfetmene, yeniden yürümene vesile olur bütün benliğiyle.

Velhasıl, insan dediğin güzel olmalı.

Adalet şaşmaz ve niyetinizi yüzünüze çarpar çoğu zaman...

Hissetmediğin şeyleri hissediyor gibi yapıp ve "keşke"lerin ardına sığınıp; "Neden olmasın? Belki olur." diyerek deneyimlediğiniz her şey, her zaman istediğiniz gibi sonuçlanmayabilir. İnsanlar deneme tahtası değildir. "Ya tutarsa!" diyerek göle maya çalmaya benzemez bu işler. Bir süre sonra karakteriniz eskimeye, iyi enerjiniz eksilmeye başlar ve bu defa o hedef tahtası olarak gördüğünüz insanın durumunu yaşarken bulursunuz kendinizi.

Kibirden ve riyadan uzak duran,
yenilgilerini ve acılarını kayıp değil
kazanım olarak gören, kendi yolunu
bulabilmiş insanlara çıksın yolumuz.
O insanlar iyi ki varlar. O insanlar sana
hep umudu hatırlatsınlar.

Yanında mutlu olmayan herkes seni de mutsuz edecektir.

Seni kaybetmek istemeyen insan ne yapar ne eder mutsuz bir şekilde uyumana izin vermez. Sizin için çabalamıyorsa, emek vermiyorsa hayat size belli şeylerin sinyalini veriyordur. **Israrla görmezden geldiğiniz şeyler gözyaşlarınıza sebep olur. Mutsuz bir şekilde gözlerine bakmanıza sebep olan herkesi gözünüzde çok büyütmeyin.**

Belki bu satırları okurken iş işten geçmiştir. Belki de artık büyütmüşsündür gözünde birilerini ama sen farkına varıp bunu düzeltmediğin sürece sürekli olarak kendi hayatında küçük düşeceksin. Buna fırsat veren sensin. İnsanlar genelde kendi elleriyle yıktıkları hayattan hep başkalarını sorumlu tutarlar. Elbette istisnalar hariç, elbette elimizde olmayan çok travmamız vardır lakin önemli olan elimizdeki artık bilmek ve eyleme geçmek. Sadece kuru kuru acı çekmenin kimseye faydası olamaz ki. Bir şeyler öğrenmeye çalış, o acıyla piş ve bir daha aynı acı için aynı yerden yara alma.

Gitmeyi kafaya koymuş bir insan, seni o kafadan çoktan çıkarmıştır. Yanında mutlu olmayan herkes seni de mutsuz edecektir. Biraz acı kendine. Sindirmen gereken şeyleri sindir. Düşün, başkasına akıl verir gibi kendine de akıl ver. Hep deriz ya hani "Herkese çare olurum ama kendime çare olamam." diye.

Başkasına derman olan kendisine neden yara olur ki?

Hiçbir şey için geç değil...

Heybemde "çünkü"ler, yüreğimde bahanelerle dolu çıktığım her yolda, uyandığım her yeni güne bir sıfır yenik başladım ben. Aklım sıra korkularımı ve kaygılarımı; "Hadi oradan." diyerek kılıflandırmış, üstüne güya kalıcı süngerler çekmiştim. Ancak hesaba katmadığım bir şey vardı. Hâlâ dizleri kan revandı çocukluğumun! Zamansız anımsamalarla gelip çörekleniyordu zihnime. Alıkoyuyordu beni tüm gerçeklerden ve yanılsamalara sürüklüyordu.

Ne zaman aklıma geliverse çocukluğum, karanlık bir koridorda, oraya buraya kaçışan korkak bir "Ben" olarak buluyordum kendimi. İşte benim cesaretim de bu kadardı! Yapmam gereken o kadar çok şey vardı ki geleceğe dair, çocukluğum set kuruyordu önüme. Olacak gibi değildi. İşin içinden bir türlü çıkamıyordum. Kısmen de olsa bazı şeyleri başarmıştım ama başarılmayı beklenen onlarca şeyi askıya asmış bekletiyordum. Karanlık koridorlarda koşan çocukluğum, yetişkin biri hâline gelince adım atmayı kesmişti sanki. Duruyordum sadece. Sebepsiz, bahanesiz ve gayesiz...

Değil şehir, ülke de değiştirsem zorlu geçen çocukluk yıllarım hafızamda ve yaşamımda o kadar kalıcı izler bırakmıştı ki, bu yüzden önüme çıkan güzellikleri de layıkıyla yaşamıyordum. İçimde hep bir kaygı hâlleri... Günler, aylar, yıllar geçti. Bu durum böylece sürüp gitti. Sonra bir gün oturup muhasebesini yapmaya karar verdim her şeyin ve şunu fark ettim. Geleceğe daha sağlam adım atabilmem için önce buradan başlamalıydım. Bir karar vermiştim. Yüreğimin en kuytu köşesine hapsettiğim çocukluğumu arayacak, bulacak ve o saklandığı kuytudan çıkarıp teselli edecektim. Onu sevecek, kabul edecek ve bağrıma basacaktım. Ağladığında sesini birilerine değil, bana duyuracaktı. Ben onu herkesten çok önemseyecektim. Kırılan ruhunu okşayacak, saçlarını istediği gibi örecektim.

Zaman sandığımdan daha da kısaydı ve ben çocukluğumu aramaya başladım. Bu arama yolculuğumda tek uğrak yerim anılarımdı. Durup uzun uzun soluklandım iyi kötü tüm hatıraların eteğinde. Ağladım. Çokça ağladım. Bazen çokça güldüm. Bazen çokça düşündüm. Sonra bir karar daha verdim ve kabul ettim. Olması gereken şekilde olmuştu her şey. Şartların el verdiği biçimde yaşanmıştı. Eksik ya da fazla yoktu. Yüreğimdeki o çocukla zor da olsa bir şekilde barışmayı başardım artık. Böyle de olması gerekiyordu.

Siz de hayallerinizin peşinden koşarken sizi engelleyen ne varsa ilk önce onu tespit edin ve onunla barışın. En çok da çocukluğunuzla kucaklaşın. Çünkü hepimiz hayallerimizi hak ediyoruz. Sizi bunaltan, engelleyen hangi duygu varsa onu arayın ve saklandığı kuytudan çıkarın. Hiçbir şey için geç değil. İçinizde taşıdığınız o küçük çocuğa kocaman sarılın.

Unutmayın kendi yolculuğunuzu kendiniz şekillendirirsiniz.

Yaşadığınız her gün, son günmüş gibi
kıymet barındırır her saniyesinde.

Her şeyin en güzelini hak ediyorsunuz...

Karşımıza çıkan her imkânı değerlendirmemiz gerekiyor. Bize katacağı iyi-kötü her şey, neticede başarısız olsak bile birer tecrübe olacak ve deneyimledikçe bizi olgunlaştıracak. Cesur olmamız gereken en önemli konu bu. Fırsatları görebilmek... Ne kadar istesek de, tamamen mutlu, tamamen kusursuz, tamamen adil, tamamen anlayışlı olamayız. Her insan evvela kendine ait duygular içinde tutunur yaşama. Olabildiğince tamamlanma gayesi ile çabalar. Diğer yarısını, amacını ve anlamını arar.

Neticede hepimiz, yaşadıklarımızın ve anılarımızın toplamı kadar iz bırakırız hayatta. O yüzden hiçbir şeyi ertelemeyin. Ertelemek en büyük yüktür yürek bohçamıza. Erteledikçe içimizdeki boşluğu "keşke"lerle doldururuz. Ertelemeye bir defa alıştırırsak kendimizi farkında olmadan, ufak ufak ötelenme duygusunu yaşatırız kendimize. Kendi kendimizi öteler durur bir süre sonra kendimize küs hâle geliriz. Artık ne zamanın, ne mekânın, ne de anların bir önemi kalmaz. "Şu günü bir atlatsam da yarın olsa!" der dururuz. Acele ederiz sanki varacağımız bir yer varmış gibi.

Siz, o yürek heybenizdeki yüklerden arınmaya karar vermedikçe, üzerinize yıkılır dertler ve bir süre sonra içinden çıkılmaz durumlarla karşılaşırsınız. Problemler çözülmez hâle gelirler. Ve unutmayın yarın bugünün yerini tutmaz. Siz istemezseniz dün de hiçbir acıyı yarına taşıyamaz.

Yaşadığınız her gün, son günmüş gibi kıymet barındırır her saniyesinde. Kim bilir belki tüm gün pinekleyip zamansızlıktan şikâyet ediyor ama o zamanı kendi lehinize çevirmiyorsunuz. Kim bilir geç kalkıp hiçbir işi arzu ettiğiniz gibi yapmıyor, sadece savuşturuyorsunuz. Kim bilir sürekli uyumak istiyor ama uyandığınızda bile yorgun hissediyorsunuz.

Bu "kim bilir"ler sonsuza kadar sıralanabilirler ve hepsi kafanızı ağrıtan sizin sebep olduğunuz durumlar. Şimdi bu kim bilirlere kendi sıkıntılarınızı ekleyerek biraz kendinizi zorlayın ve düşünün. Sürekli kurduğunuz o bahane cümlelerini hatırlayın.

Yüreğinizdeki kuru gürültülere bir son verin. Başarıya giden yolda kuru gürültülere yer yok. "Ben biliyorumcu"lar ve "Ben sana demiştimci"ler hayatın hemen hemen her alanında var olacaklar. Bunları kulak ardı edin ve hayallerinize varış yolculuğunda "Varmak" kelimesine tutunun. Varacağınız noktayı hayal ederek yola çıkmak size en güzel motivasyonu sağlayacak. Attığınız adımlar daha istekli, yüreğiniz daha ferah, önünüz daha aydınlık olacak.

İnsan, onu dibe çeken her şeyden uzaklaşmaya başladığında ve sırtındaki gereksiz yükleri attığında adımlarını hızlandırabilir. Saf dışı bıraktığınız her olumsuz duygu, eskiye dönememek için en güzel sebep. Artık anlamsız gelen her şeye, yeniden ve en güzel anlamları yükleme zamanı. Güzelliklerin sınırsız olduğu bir dünyada yaşıyoruz. Sadece görmeyi dene. Güzelliklerin içinde senin için gizlenmiş imkânlar gizli. Yüreğinin penceresinden bak onlara...

Zaman geçtikçe şunu diyecek ve şükredeceksin; "Eskiden çok şeyden habersizdim ama şimdi hepsi geride kaldı." Kendinize başardığınız her şey için teşekkür edin ve bir sonraki hedefin planlamasını yapmaya başlayın.

Hayat ertelenmeyecek kadar kısa ve siz her şeyin en güzelini hak ediyorsunuz.

Yaptığınız tercihler, ektiğiniz çiçekler gibidir...

Bazen hayat telaşında koşulların zorlaması ile sorumluluklarımız daha da artıyor malum. Gün içindeki yorgunluğumuz yetmezmiş gibi akşamları hatta geceleri bile o günün işleri ile zihnimizi meşgul eder hâle geldik. Sistemin dayattığı bir takım kuralların haksızlığını ister istemez kendi ellerimizle bu döngüye kurban ediyoruz. İşinden çıkıp evine gelen biri hâlâ iş için zihnini meşgul ederken, evinde günün yapılması gerekenlerini yapmış bitirmiş biri bile tam anlamıyla dinlenemeden ertesi günün işlerine odaklanıyor. Böyledir yaşamak, yokladıkça yorar benliğimizi.

Keza tüm bunlar yaşanırken bir de iki adım geri, bir adım ileri bocalar dururuz geçim telaşında ya işte o iyiden iyiye canımızı sıktıkça sıkar. İplerin ucunu azıcık salsak, "Nasıl toparlarız?" düşüncesi bizi daha da robotlaştırır ve çalışmaya sevk ettikçe eder. Hayat, sanki hiç bitmeyecekmiş gibi yıpratırız kendimizi. İşlerle, düşüncelerle ve susmayan seslerle...

Bir şeylere başkaldırmak isteyişimiz, kursağımızda biriken birer iç çekiş olur. Yanlışlıklara karşı sussak daha da yanlışlıklar sarar etrafımızı, konuşsak ayrı dert. Ama bu her şey için geçerlidir. Dostluklar, aile, iş hayatı... "Bu kadar yeter!" demek isteriz ama bir türlü diyemeyiz. Aynı yanlışlıklar halkasında dönüp dururuz da, feraha erecek yol ayrımına bir türlü denk gelemeyiz. Çaresizliğimizin ucu da yoktur başı da. Yorgunluğumuzun adını bile koyamayız.

Sorumluluklarımız hem öz benliğimize, hem de sevdiklerimize karşı artmaya devam ettikçe susmak en kolay yöntem hâline gelir. Buna geç olmadan; "Dur!" diyebilmeyi başarmak lazım. Evvelce yaşadığımız sıkıntıları göz önüne olarak; "Bu böyle gitmemeli!" demeliyiz. Bunaldığımız, sıkıldığımız ve tahammülsüzlük noktasına geldiğimiz an, durmalıyız. Soluklanmak için vakit bulmalıyız kendimize.

İşte bu duruma geldiyseniz lütfen üzülmeyin. Çünkü bu durum sizin hayatınızın kırılma noktası ve bundan sonra her şeyin sizin lehinize döneceği anın ilk sinyali. Güzelliklerin habercisi ve karşıdan görünen bir ışık kadar değerli... Kendine değer vermen için hayatın sana gönderdiği en güzel uyarı.

Derin bir nefes alıp, kendinize verdiğiniz sözleri anımsayın. Şimdiye kadar hayatın size kattığı öğretileri, en güzeli de şimdiden sonra hayatın size ne katmasını istediğinizi. Hayallerinizi aklınıza getirin. Güzel günleri beraberinde getirecek olan el değmemiş hayallerinizi...

Unutmayın bazen bazı şeylere, "Hayır." demeden "Evet" olmaz hiçbir şey. O yüzden yüreğinizden geçen hayırlara ve evetlere sıkı sıkıya sarılın. Onlar sizi güzelliklere götürecek. Yüreğinizin sesine tüm benliğinizle kulak verin. Yeter ki harekete geçin.

Yaptığınız tercihler, ektiğiniz çiçekler gibidir. Er ya da geç mükâfatını alacaksınız. Güzel günler kapıda...

Biz de kazanırız biten bir gecenin sabahında. Yeniden umuda uyanmayı öğreniriz. Kalbi kırık olan bizlere müjdeler verilir. Ve belki de en çok biz bize yeteriz.

Mevsimler değişir, kuru yapraklar yerini rengârenk çiçeklere bırakır...

Bardağın dolu ya da boş tarafına takılmayı bırakmanın ve olmuşlarla, yaşanmışlara odaklanmanın size çok fazla fayda sağlayacağı aşikâr ama dozunu da iyi ayarlamak lazım... Anlaşılmak için çırpındığınız her şey, huzura giden yolda birer çakıl taşı. Siz ne kadar fazla durursanız bu döngüde, yolunuzda o kadar taş birikir. Varsayımlarla hareket etmek mi yoksa durumları kabul etmek mi? Hangisi sizsiniz? Varsayımlarla hareket ederseniz yol engebeli, durumları kabul ederseniz yol aydınlık olur.

Kendinize sıkça şunu hatırlatın; "Zamanla her şey değişir." Bugün, yerini yarına bırakır. Ay biter, yıl geçer, birileri severken, birileri küser. Mevsimler değişir, kuru yapraklar yerini rengârenk çiçeklere bırakır. Fikirler değişir. En önemlisi de insan değişir.

"İnsan yedisinde neyse yetmişinde de odur." diye bir şey yok. İnsan öyle güzel değişir ki, yeter ki istesin. Çevrenizdeki insanlar sizi bıraktıkları yerde bulmak isterler her zaman. Değişiminiz onları çoğunlukla rahatsız eder. Güzel olan şeyleri size layık göremezler. Sizin onlardan daha iyi bir konuma gelmenizden korkarlar. Umudunuzu kırıp sizi durdurmaya çalışırlar. Sizi yukarıya doğru hareket ederken sizi aşağıya çekip dururlar.

Siz kendi yolunuza, sizin adınıza mutlu olanlarla devam edin ve çokça sevin. Sizin yükselmenizi destekleyenlere değer verin. Güzellikleri size layık görüp, dualarında isminizi geçirenleri tercih edin.

Kendinizi sevdiğiniz sürece etrafınızdaki her şeye olan sevginiz artar. Uyandığınızda aynaya kocaman bir gülümseme yansıtın ve "Canım kendim, seni seviyorum." diyerek güne başlayın. Her hâlinizi sevmeyi öğrenin. Kusurlarınızı görmezden gelmeyi ve başarılarınıza sahip çıkmayı deneyin. Sarılacak kimse yoksa kendinize sarılın.

Eskiden çok şeyden habersizdiniz ama artık öğrendiniz. Yaşadıkça deneyimlediniz ve hepsi geride kaldı.

Sevmediğiniz insanları serbest bırakın...

İnsanlar duygularına sahip çıkamıyor zamanımızda ve sahip çıkamadığı duygunun kölesi hâline geliyorlar ne yazık ki. Sevildiğini önemsemeyip, vazgeçildikten sonra bağlanmak bana samimi gelmiyor. Elimizde olanın kıymetini bilmiyoruz. Avuçlarımızdan kayıp gidince, avuçlarımı sıkıyoruz. Yanımızda dururken seyretmediğimizin arkasından bakakalıyoruz. Ayrılsak da bitmiyor merakımız. Değerini bilmediğimiz insanı uzaktan da olsa takibe alıyoruz. Oysa neye yarar bu çaba? İnsan kaybettikten sonra anlıyor ne kadar kırıldığını da kırdığını da.

Size verilen emekleri görmezden gelip emek verilmemeye başlayınca anlıyorsunuz ne kadar çaba harcandığını. Siz sevilmeyi seviyorsunuz. Siz kimseyi gerçekten sevemiyorsunuz. Siz isteklerinizi yerine getirecek insanları arıyor sonra da onlardan sıkılıyorsunuz.

Günümüzde ne yazık ki, birçok ilişki, arkadaşlık bu şekilde gidiyor. Sadece sevilmenin kölesi olmuş o kadar çok insan var ki. Sadece beni sevsin düşüncesiyle, sevmediği insanın bir başkasıyla mutlu olmasını bile istemiyor. Mutluluğu sadece kendisine layık görüyor. Bir insan neden kendisine bunu yapar ki?

Sevmediğiniz insanları serbest bırakın. Sadece sevilme ihtiyacınızı gidermek için yanında tuttuğunuz insanları sevgisiz bırakınca ve onlar günün birinde sevilmeyi tattıkları zaman muhakkak gideceklerdir. İnsan severken karşılık beklemez ama aptal yerine koyulmayı da kimse istemez. Tek taraflı çabanın ve karşılıksız sevginin insan kullanmakla eş değer olduğunu bilin. İnsanları menfaatlerinize göre sınıflandırmaktan vazgeçin.

Sürekli sizi üzen, kıran, döken insanlar sizi sevdiğini de iddia ediyorlarsa biraz durun ve sorgulayın o sevgiyi. Hangi sevgi ardında gözyaşı bırakır? Hangi sevgi hırpalanmayı ister? Hangi sevgi eski yaraları kanatır? Hangi sevgi insanın sırtına taşıyamayacağı yükleri bindirir? Kısıtlanmak, şiddet görmek ve psikolojik olarak mutsuz hissetmek normal değildir. Size bunları yaşatan bir insan, sizi gerçekten seviyor olabilir mi?

Kendinizi düşünün, siz severken nasıl davranıyorsunuz? Size nasıl davranılmasını isterdiniz? Siz olsaydınız onun verdiği tepkiyi verir miydiniz? Siz buna mı layıksınız? Cevabını kendiniz vereceksiniz rahatlıkla.

Soğuyacaksın.
Seni senden soğutan herkesten bir sabah
yüreğinin yangınlarıyla uyandığında
soğuyacaksın.

En güzel nasiptir, sevdiğin kalbin içinde yer edinmek...

En güzel nasiptir, seni anlayana denk gelmek. Anlaşılmak bazen sevilmenin kilometrelerce ötesindedir. Seni dinlemek isteyen bir insana denk gelmek muazzamdır. Konuşurken gözlerini senden ayırmayan ve seni anladığını iliklerine kadar hissettiren bir insan...

Seni senden çok düşünen, canın yanınca canı senden daha fazla yanan insanın asla canını yakma. Herkes bir şeyler anlatmak isterken o seni dinler, dinlemekle kalmaz çözüm üretir. **Gözlerinin içi gülen insanların göz bebeklerinde cennet saklıdır.** O insanı asla kaybetme.

Bu bambaşka bir duygu... Duyguların ötesinde. Saatleri geçirmeden, zamanı akıtıp götüren en ince detaydır bu duygu. İnsan sevildiğinden emin olunca tutunduğu her şeyin ne kadar basit dallar olduğunu öğreniyor. Daha önce kırılan dalların sevgisizlikten çürüdüğünü anlıyor.

Her gün yeniden keşfediyorum kendimi. Değişmiyorum ama sana dönüşüyorum. Gün geçtikçe beni sana yaklaştıran zamanı seviyorum. Sana benzemeye başlayan huylarımı ayrıca sahipleniyorum. Saçlarını, gözlerini ve kusurlarını bile ezberliyorum. Bana kusurlarımı unutturan bakışlarını seyrediyorum.

İnsan sevilince geri kalan her duyguyu parçalayıp kenara atıyor. Bir demet mutluluk serpiliyor ömrüme. Eksik kalan her yanım seninle tamamlandı. Sen ruhumun eşi, yaralarımın ilacı oldun. Sen bana geçmişi unutturan, geleceği umutla dolduran bir hediye gibi geldin. İyi ki geldin.

En güzel nasiptir.
Sevdiğin kalbin içinde yer edinmek.

Herkes o kadar haklı ki, haklı olmaya hakkım yokmuş gibi hissediyorum...

Sanki hep kazanan onlarmış gibi hissederdim. Zamanla anladım ki hayat benim için güzel planlar hazırlıyormuş. İnsan hayat telaşından çok anlamasa da oturup dinlendiğinde hayat penceresinden her şeyi o kadar net görebiliyormuş ki.

Biz sabretmesini bilmiyoruz. Hayatın karşımıza çıkardığı her olayda panikliyoruz. Öldüm, bittim feryatlarını akıtıyoruz gözlerimizden. Oysa sabretsek, dua etsek belki de hafifleyecek yükümüz.

Biraz daha sabır, az daha dayan,
gör bak hikâyen çiçeklerle süslenecek.

Hayatını bir kere yaşayacaksın.

Hiç bir yaşın, ayın, haftan, günün hatta tek bir saniyenin bile telafisi olmayacak hayatında. Bu yüzden yaşadığın acınla barış. Hüznündeki huzuru bul. Sana sarılan kim varsa daha sıkı sarıl ona. Gitmek isteyen varsa kapıyı aç. Önünde kocaman bir hayat var ve unutma, son sözü her zaman hayat söyleyecek.

Hayatının kahramanını bul. Yol arkadaşlarını iyi seç. Seni yarı yolda bırakacak herkesi en iyi sen biliyorsun onlar sadece arkadaşın olsun. Asla onlarla yola çıkma, beklentiye girme. Yorulursun. Kendini sev. Bunu yap. Bunu başar. Kendini sev ki insanlar seni sevsin diye hırpalandığın hâlde okşama yüreklerini. Her ne durumda olursan ol hepsinin geride kalacağını bil. Kendine güven. En çok kendine güven ki, güvenilmeyecek insanlara umut bağlama.

Sıkı sıkı sarıl hayata. Ayakların yere sağlam bassın. Yoksa ayaklarını yerden kesen her duygu senin umutlarını keser. Bazı duygular hayalettir.

Seni çaresizliğe sürükleyen insanın ardından sürünüyorsan hâlâ, en büyük çaresizliği sen kendine yaşatıyorsundur.

Hayat, kötü insanların yollarını gözleyecek kadar uzun değil...

İnsanlar değişir. En sevdiklerin bile! İnsanların değişimi çıkarlarına göre değişiklik gösterse de bazen biraz da bizimle alakalı olabiliyor. Sevilmeyi hayal bile edemeyen insanları, bazen o kadar çok seviyoruz ki onlar sevgisizliğe adapte olduklarından ve gerçek sevgiye nasıl tepki verileceğini bilmediklerinden değişiyorlar.

Ya da usta oyuncu olabiliyorlar. Artık kimin ne niyetle hayatımıza girdiğini kestiremiyoruz. Önceleri iyi olan biri, bir anda kötü olabiliyor. Neydi çıkarı? Amacı neydi? Neden bana böyle davrandı? Sorularını kendine soruyor ve kalakalıyorsun. Kendini sorguluyorsun bir süre sonra. Hatayı kendinde bulmaya çalışıyorsun.

Sen kırıldıysan hatayı kendinde arayıp bir de sen incitme kendini. Başkasının açtığı yara geçer de senin kendinde açtığın yara seninle kalır. Başkasını affedersin de kendini affedemezsen yaşayamazsın. En taze duyguları yaşarken göreceksin ki, bir gün sen bile değişeceksin. Yeri gelecek kendine bile güvenemeyeceksin. **Herkesi affet, kimseyi besleme kalbinde nefretinle bile.** Bazı insanlar nefrete bile değmezler. Kaldı ki gelse affedeceksiniz. Onlarca duvarı üstüne yıkmış sen onun gelip seni kurtarmasını bekliyorsun. Enkazın altına seni o itmiş ama sen ondan medet umuyorsun. Uzatma ellerini.

Bekleme!

Seni, yalnızlık çukuruna iten insanın seni oradan çıkarması merhamet değildir. O sana acıdığı için seni oradan çıkarır, veoysaki merhamet acıtmamaktır. Sen, sana gerçek değerini verecek insanı ara. Senin iyiliklerini küçümsemeyecek, sen bir adım atınca uzaklaşmayacak, sevildikçe soğumayacak insanı bul. Hayat, kötü insanların yollarını gözleyecek kadar uzun değil. Bunu yolun sonuna geldiğince göreceksin. "Gülüm" diyerek beslediğin insanlar senin dikenlerine takılınca anlayacaksın her insanın sunduğu çiçek, gönül cebine takılmazmış.

Gönlüne iyi gelen ve seni tamamlayacak olan parçanı bulman dileğiyle…

İnsan, her yürekte dinlenemeyeceğini daha fazla yorulduğunda anlıyormuş.

Dinlenmek için gittiğin insanlar seni daha fazla yoracak. Dinlenmek mi istiyorsun? Önce kendini bir dinle, sonra dinlen. Ama birisi beni iyileştirir diye gitme kimseye. Kendi gücünü keşfet.

İnsan, yarasını bir kez kendisi iyileştirince, bir daha kimsenin yara açmasına müsaade etmiyor.

Sabır, şikâyetsiz çabadır…

Sabır, Arapça sbr, "tahammül" kökünden geliyor. Anlamı, hiçbir şey yapmadan beklemek değil, dayanması güç olaylar karşısında umudunu yitirmeden mücadele etmektir. Şikâyetsiz çabadır... Peki, hiç düşündün mü nelere sabrettiğini? Neleri görmezden geldiğini? Bin bir emekle kazandığın hakkını kimlere verdiğini?

Sabrını tüketen insanlara katlanmak sabır değil eziyettir. Herkese, her olaya sessiz kalmak sabretmek değildir. Saflıktır. Zamanla harcanmaktır. Seni sen olmaktan çıkaran insanlara sergilediğin her tutum, seni sevgi ziyanlığına götürür. Ve bunun dönüşü, seni daha fazla sabırsız bir insan hâline getirir. Tahammülün azalır. Artık daha çabuk kızan, sıkılan, öfkelenen bir insan hâline gelirsin. Yaşama isteğin de yavaş yavaş yok olur. Güzelliklere kör, iyiliğe sağır olursun.

Her insana sabretme. Bırak bazıları, kalması gerektiği yolda kalsınlar. Bunun adı yarı yolda bırakmak değil, kendi yolunu keşfetmektir. Güzelliğe yeniden uyanmak ve iyiliğin sesini duyabilmektir.

Seninle gelmek istemeyen insanı zorla sırtında taşımak mıdır sabır? Yoksa seninle yan yana yürüyen insanla, yolda karşılaştığın engelleri isyan etmeden aşmak mıdır sabır?

Geç kalınmış ince düşünce hiçbir zaman samimiyet içermez.

"**İş işten geçti.**" tabiri vardır ya hani işte tam olarak böyle durumlar içinde geçerli esasında. İnsanların gecesini erken başlatıp, sonrasında sen bunu hak etmedin gibi düşünceler kifayetsiz kalır. O anda düşünmek önemli, o anda kendine söz geçirmek olgunluktur. Sonradan edilen özür bazen anlamsız kalır.

Bütün odaları dağıtmışsın ama yerden bir şeyi kaldırıp ben de toparlıyorum gibi göstermesin kimse kendisini. Buna katlanamadığımız için affediyoruz zaten.

O kadar çok değer veriyoruz ki, karşımızdaki insanın özür dilemesine fırsat vermiyoruz bazen.

Gülüşüme baharı yerleştiren yâr,
ömrüne ömrüm eklensin.

Nasip diye bir gerçek vardı, unuttuğumuz...

Bazı yaşanmışlıklar o kadar çok ders aldım ki... Kimseye bel bağlamamam gerektiğini, belim doğrulmayınca hissettim. Gücümü kendimden almayı, düştüğüm yerden kendim kalkınca öğrendim. Bazı hissizlikler ve derinlikler, aslında hissetmekten kaynaklıymış.

Beklentileri düşürüp yaşamaya başladığımdan beri hayatın akışı artık daha güzel. İnsanoğlu hep beklentilerden ibaret olduğundan hayatın güzelliklerini hep kaçırdı. Nasip diye bir gerçek vardı, unuttuğumuz.

Belli şeyleri zamana bırakmak her ne kadar zor olsa da, bulunduğumuz durumun içinde ne kadar üzülsek de faydası olmuyor. O nedenle; "Vardır bir hayır." diyerek bazen akışa bırakmak en güzeli...

Farkında olmadan hayatın güzelliklerini kaçırıyoruz. Gelecek kaygısı, insan ilişkileri derken anın güzellikleri elimizden gidiyor. Ya geçmişte takılıp kalıyoruz ya da geleceğin soru işaretleriyle cebelleşiyoruz. Hayat treni hızla geçip gidiyor aslında. Biraz manzaraya bak.

Kendi içine bak. Kendi içinde bul zamanı. Kaygılarına çözüm bulamıyorsan bir sonuca bağla. Sonuç kötü bile olsa kafanda netleştiğinden daha kaliteli adımlar atarsın hayatında. Sürekli beklentiye girmek bana pek fayda sağlamadı. Hayatımın büyük bölümünü kaosa çevirdi.

Olmayacağını bile bile beklemek yalancı bir umuttur esasında.

Herkes kusursuzu arıyor.

Günümüzü en güzel anlatan söz sanırım. Eskiden insanlar eşyaların bile kusurunu kapatırdı. Kırıldığında yapıştırır, eskidiğinde yama yaparlardı. Şimdi ise birbirlerini kırıp eskitiyorlar. Hevesle başlanan her yol yarım kalıyor. Eğer sen eksiksen bir başkasının seni tamamlamasını bekleme.

İçinde kötülük barındıran, kafasında sürekli tilki dolaştıran, insanların gerçeklerinden de şüphe eder. Kendisinden başka herkese şüpheyle yaklaşır, şikâyetçi olur.

Büyüdüm diyorum ama aynı döngü içinde yakalıyorum her defasında kendimi.

İçime oturan hüzünleri kovmaya bile üşeniyorum. Beni bana kötü hissettiren, her defasında haklı gören kim varsa uzaklaştım. Uzaklaşmayıp ne yapacaktım ki? Ben onlardan uzaklaşmasam kendimden uzaklaşacaktım. **Ve ben kendimden gidersem kimse beni bana getirmek için uğraşmayacaktı.**

Bazen yarı yolda kaldığımız olur ya hani, hevesle yürüğün o yolu tekrar nasıl geri döneceğim diye düşündüğün ve tekrar aynı yolda kaldığın, tıkandığın, bunlar sana görmen gerekeni gösterecek. Defalarca aynı yolda kalıyorsan yolu değiştirmen gerekiyordur artık, ya da yolda yürüğün o insanı.

Olaylara bakış açın değişiyor böylelikle. Bazen yaşadığın olaylar bile değişiyor. Bundan sonra gireceğim her yol artık kendi kararın. Defalarca kırıldığın o yola girmekten yorulmadın mı? Bazen olmaması gerekiyordur. Aynı kitabı kaç kez okursan oku sonu aynıdır değişmez.

İnsanlar da bir kitaptır.

İnsanlar kaldıramayacağı yükleri başkalarına yüklerken biraz olsun düşünmüyorlar kırılacak kalbin ağırlığını.

İnsan çok acelecidir. Başımıza ne gelirse hemen geçsin isteriz. Sonrasında almamız gereken dersi almadığınızdan aynı hataya düşeriz. Hiç başına gelmedi mi senin de? Aynı hataya düşmem deyip kendini defalarca aynı hatanın içinde bulmadın mı? Buldun.

Acele etme, acını yaşa, sindir ne yaşadıysan. Aceleyle ayağa kalkarsan aynı hataya takılır düşersin yine... Ders almasını bilmiyoruz sanırım. Ders almadıkça daha beterini yaşıyoruz çoğu zaman. **Allah kalbinizi, kalbinizden geçenlerle çiçeklendirir elbet**. Sadece sen o bahçede durmasını bil.

Belki fırtınalar dallarını kıracak ama sen o dalların tekrar çiçekleneceğini bil.

İncecik dal gibi olacak duygular, her sene, her yağmurda biraz kırılacak elbette. Eğer sen köklerini sağlam topraklara bırakırsan her geçen gün daha da güçlü olacaksın. Yeri gelecek en güçlü fırtınalar bile sadece yapraklarını oynatacak. İzin ver çürük meyvelerin düşsün yere. Neye bu direncin?

Defalarca yarı yolda bırakan insanın gelip çiçeklerini sulamasını bekleme, o zaten senden kopardığı çiçekleri sundu başkasına.

İki kişilik öyküde tek başına bir savaşa girdiğini gördüğünde kendine yeniliyorsun. Kendine yenildikçe başka insanlara karşı da kendini kazanıyorsun esasında. Bazı yenilgiler insanı kendisine kazandırır.

Biraz durup dinlenmeye ihtiyacımız var...

Her zaman verimli olmak diye bir şey yok. Elbette bazı zamanlarda gardınız düşecek, gücünüz tükenecek ve biraz soluklanmak isteyeceksiniz. Yorgun olduğunuz zamanlar olacak. Acılarınızın üzerini örtüp kaçmak yerine, onu herhangi bir şeye çevirmeden dümdüz yaşamak isteyeceksiniz. Böyle de olmalı zaten. Devamlı, neşeli, devamlı mutlu, devamlı komik görünmek zorunda değilsiniz. İnsanların alıştığı siz, canınız nasıl isterse yaşama lüksüne zaten sahipsiniz. Bekledikleri tepkileri onlara vermediğiniz zaman değişen siz değilsiniz aslında, onlar. Acınıza katlanamayan birine mutluluğunuzu hediye etmeyin.

Yaşamsal bir sınırı olan bizler adına ömür dediğimiz bu imtihanda elbette tek boyuttan ibaret varlıklar değiliz. Bize bahşedilmiş her duygunun hakkını sonuna kadar vermek en doğal ihtiyaç. Şeytanın icat ettiklerinden bahsetmiyorum! Kapasitemiz damarlarımız sayısınca değil ama bir o kadar da sırlarla dolu. Sadece yorulduğumuz anlarda biraz durup dinlenmeye ihtiyacımız var. Birazcık yalnız kalma isteği çok normal. Bir miktar susabiliriz. Bir süre hiçbir şey yapmadan bekleyebiliriz. Dozunu iyi ayarladığımız her duygu bizi daha güçlü olmamız için tetikleyen elementler.

Ne isek oyuz, hepsi bu ve ne isek kıymetini bilip gerektiğinde soluklanmayı kırmadan, incitmeden, dökmeden başarmayı öğrenmemiz şart.

Her insanın kendisini aptal gibin hissettiği dönemler olmuştur.

Ne zaman kendimi aptal gibi hissetsem kendi içime gömülüyorum yavaştan. Çünkü bilirim, insan içini başkasına dökerse yine kendisi toplarmış. İçimde tercümesini yapamadığım her cümle beni günden güne daha da içine çekti. İçimden, içinden çıkamadığım her konu beni başka bir insan yaptı. Değiştiğimi düşünüp kendimi çok yargıladım ama anladım ki büyümek böyle bir şeymiş.

Kalbime dokunup geçen her şeyden bir iz kaldı. Ve ısrarla direndim toz kir içinde kalmamak için. Çünkü iyi insanlar eninde sonunda kazanıyor. Hep bunun gayesinde oldum. Kazanmak için iyi olmam gerekiyordu. Belki kazanırken çok şey kaybediyorsun ama güzel olan hiçbir şey kendiliğinden gelmiyor. Her insan şanslı olmuyor. Başka insanların parmak bile şıklatmadan elde ettiği şeyler için yeri geliyor sen ömrünü veriyorsun.

Çoğu zaman aptal gibi hissettiriliyorum,
kendisini iyi hissettirdiğim insanlar tarafından.

Kırılan her nesnenin tıbben bir telafisi olsaydı, elimizden kayıp yere düşen bir bardağı tedavi için hastaneye götürürdük.

Eşyayı kıymetlendirip, asıl olanı sevmekte zorlanıyoruz...

Değer kavramı peşi sıra koruma, kurtarma eylemini doğurur. Her şeyi kurtarmak korumak isteği ile bir nesneye bile anlam yüklemek ve tıpkı o bardak gibi her şeyden bihaber olmak! Ne acayip bir durum olurdu?

Nesneleri bile kıymetlendirip tuhaf bir denklem içinde olan sevgi mekanizmamızı nedense insanlar için pek fazla çabalandırmamaya, umursamamaya, işine geldiği gibi yahut işine gelmediği gibi israf etmeye başladık. Bize dayatılan; "Seni üzenleri hayatından çıkar." algoritması yüzünden tahammül sınırlarımızı daha çabuk aşındırır olduk.

İnsan sever. Sevmeli. Bunun için var olduk. Varlık sebebimiz sevgi üzerine harmanlanmadı mı? Hangi yoksunluk duygusu ile çarçabuk kırılır, gücenir olduk? Eşyayı kıymetlendirip, asıl olanı sevmekte zorlanıyoruz.

Karakter, kişilik, muhteviyat ne olursa olsun içinde tedavisi zor eksiklikler ile yaşama tutunmaya çalışanlar bir sıfır yenik zihin kumpanyasında. Daha sakin, daha huzurlu, daha tam, daha barışık, daha mutlu, daha az kafası karışmış, daha keyifli, adı her ne olursa olsun en temel ihtiyacımız sevgi değil mi? Bizi yanıltmayan tek duygu... İşlerin ters gittiği vakit doğruyu kalbimize usulca fısıldayan o ses işte, sevgi.

Hiçbir anlam bağı olmamasına rağmen sırf çok kaliteli yahut çok güzel diye tapındığımız her nesne bir sevgi ibaresi olmamalı. Bazılarımızın ne yazık ki hiç fark etmeden, idrak edemeden göçüp gideceği şu fani dünyada layıkıyla hakkını veremediği bir kavram, sevgi.

Şöyle kısacık bir zaman diliminde oturup düşünelim gözümüz gibi sakındığımız nesneler neler ve onlardan vazgeçme ihtimalimiz kaçta kaç? Hatta mümkün olan ve olması gereken bir kaçından vazgeçebilmek! Onlarla vedalaşırken neler hissettiğimiz ve sonrasında gelen hafifleme hissi bize neler katacak, yaşayıp görmeniz gereken bir tecrübe. En sevdiğiniz bir rujunuzdan mesela ya da herhangi bir bardak gibi görmediğiniz o en kıymetli kahve fincanınızdan...

Nesneler kırılır. Bırakın kırılsın.

Yerine bir yenisi gelir.

Peki ya insan?

Hayatınızın akışına tüm olumlamalarınızla kucak açın...

Söyleyecek tonla lafımız olmasına rağmen, sonunu getirmekte zorlandığımız çok şey için sırf yorgunluklarımızdan ötürü susmayı tercih ediyoruz. Aklımızda biriken düşüncelere ket vurup, sessiz kalıyoruz. Kafamızda kurguladığımız şeylerden mi, yoksa biz mi fazla abarttığımız için böyle oluyor? Çok da karar veremiyorum ama kafa karışıklığı yaşadığımız anlar sıkça oluyor nedense.

Hâkim olduğumuz dertlerimizden, üzerine kafa patlattığımız bilgi birikimimizden ve hayatın bize kattığı öğretilerden bahsetmek çoğu zaman kolayımıza gelir. Çünkü bu konulardan dümdüz, seri olarak saatlerce bahsedebiliriz. Ama iş, kafamızı yoran insanlara gelince ilk önce susmayı tercih ederiz. Sığındığımız şey ise zaten yeterince dolu olan zihnimizi itekleyip azıcık boş yer açıp o boşluğa konuşmak olur. İç sesimiz susmak bilmez. Yordukça, yorarız kendimizi. O insana söyleyemediğimiz cümleleri kafamızın içinde döndürür dururuz.

Kurgulardan arınıp, kontrolü hayatın gerçekleriyle bütünleştirmek gerek. Kendinizi iyileştirmeye ve yeniden yapılandırmaya karar verdiğiniz zaman, yüreğinizdeki asıl gücü hissedeceksiniz ve o noktadan itibaren başkalaşacak her şey.

Nefesinizi daraltan yerde biraz mola verin ve hayatın akışına tüm olumlamalarınızla kucak açın.

Bunca zamanın içerisinde, sevmeyi, sevilmeyi, kıymeti bilemeyen insanlara denk geldik. Yüreğimin sıkışması biraz da bundan…

Çünkü çabalamak ağır olandır...

Hiçbir şey yapmadan öylece bekleyerek bir şeylerin olmasını isteyemezsin. İnsanlarımız konuşmaktan korkar olmuşlar ama netlik güzelliktir. İletişim çağında yaşayıp hâlâ anlaşılmamak, konuşmamak, konuşamamak beni hep yordu. Belli yerlerde çok fazla kırılıyoruz ve kırıldığımızı dile getirmeye korkuyoruz. Ortam bozulmasın diye bozulsak dahi gülümsemeyi ihmal etmiyoruz. İncelik ince insanlara yapılır. Biz kalın ruhlar yüzünden kendimizi yıpratıyoruz. Senin üzüldüğünü anlayamayan insanları anlamaya çalışmaktan vazgeç. Onlar yeterince uzun gözlerinin içine bile bakmıyorlar. Onlar seni değil senin iyi yüreğini kullanmayı seviyorlar. Umursadıkları pek bir şey de yok aslında bu hayatta.

Sindirmek lazım insanları, anlamak lazım, hayatımıza ne için geldiğini görmek lazım. Çok aceleciyiz. Sevgi bekleyen kediler gibiyiz. Bu yüzden her kalbimizi okşayan insanı sahipleniyoruz. Onlar da sıkıldıkları anda kapı dışarı ediyorlar bizi.

Kimi insanlara sessiz kalmaya devam ettikçe değerimiz bilinir zannediyoruz. Yanlış! Değer vermeyen insan değerinizi de, verdiğiniz önemi de, incelikleri de görmez. Göremez. Çünkü merhamet körelince gözler belli şeylere kör olur. İnsan kalbiyle bakamadığı şeyleri sevemez. Kalbi taşlaşmış bir insandan sevgi bekleyemezsin.

Bir de kırıp döktükten sonra durumu düzeltmek için hiçbir şey yapmadan bekleyenler var. Kendinizi haklı çıkarmayı o kadar güzel başarıyorsunuz ki, insanın kendisinden şüphe etmesine sebep oluyorsunuz. Tek gayeniz haklı olmak. Çünkü çabalamak ağır olandır. Kaldıramadığınız bu ağırlığı da karşı tarafın yüreğine yüklemeyi öyle güzel başarıyorsunuz ki. Belki de en büyük başarınız sadece bu. Ama siz bunu başarı sanıyorsunuz.

Uzun vadede, size kazandığınız her şeyi kaybettirecek olan sevgisizliğinizi üzerinizden atamıyorsunuz.

Bir şeyleri değiştirmeye çalışmak insanın kendisine yaptığı en büyük eziyettir.

Anlaşamıyorsan, değer görmüyorsan, uzaklaşabiliyorsan uzaklaşman gerekiyor. Bazı vazgeçişler zor olsa da sonu her zaman mükemmeldir. Çünkü hiç kimse değer görmediği kalpte kalmak istemez. İnsanları kabullenin, hayatı, hatta belli olumsuzları bile kabullenin. Bu belki çok kolay olmayacak ama bir süre sonra kabullenmeye ya mecbur bırakılıyoruz ya da kabullenmeyi de kabulleniyoruz.

Hayatı kaçırdıktan sonra aldığınız dersler, sadece vereceğiniz öğüt olur. Yaptığınız yemekten siz de yiyebilirseniz pişip pişmediğini anlarsınız. Yani öğrendiklerinizi uygulamadığınız sürece anlatmanız pek bir şey ifade etmez.

Elbette mutsuzluğunuzun altında başkalarının imzaları olacaktır. Önemli olan sizin kendi hayatınıza attığınız imzalar. Sevilecek birisi olduğunuza inanın. "Birisi beni severse mutlu olurum" gibi duygulara şartlandırmayın kendinizi. Hiçbir zaman geç kalmadınız, sevmeye de sevilmeye de. "Artık sevilmem." diye düşünmeyin.

Hayat yolun uzun ve hikâyenin aslında
ne zaman başladığını asla bilemezsin.

Ne zaman dolup taşsam yüreğimi ezen taşları topluyorum gözyaşlarımdan.

Hiçbir yolu ezbere yürümek istemiyorum artık. Hafiflemek, kalbimin yükünden kurtulmak istiyorum ve bu kadar çok düşünmekten... İnsanların hızla değişen düşünceleri beni derinden düşüncelere itti her defasında. Herkes önce kendisini düşünüyormuş, bunu kendimi düşünmeye başladığımda anladım. **Yalnız başıma sardım yaralarımı. Kimse açtığı yaradan sorumlu tutmuyor kendisini**.

Hareketsiz kalınca beynime çöken geceyi, uyuyunca geçer sandım. Düşüncelerime güneş doğar sandım. Koştum, çok koştum ama ne zaman arkama bakacak olsam bir adım bile ilerlemediğimi fark ettim.

İnsan düşüncelerinden kurtulamadıkça ilerleyemiyor. İlerlemek koşmak değilmiş, beklemekmiş, sindirmekmiş. Kalbin sindiremediği şeyler yürümene engel olur.

İnsan ne kadar üzülürse
o kadar güzel çiçekler açar gülüşü.
Gözyaşları, gülüşümüzdeki çiçekleri
besler çünkü.

Bazen

Bazen neden diye düşünüp kendimi yormama gerek yokmuş. Bitmesi gerekiyormuş, Gitmesi gerekiyormuş bazılarının ve yaşanması gerekiyormuş bazı ayrılıkların.

"Neden?" diye sormuyorum çünkü herkes, her şeyi isteyerek yaptı. Benlik bir durum söz konusu değildi. İnsanların hataları yüzünden kendime olan inancımı artık geride bırakmıyorum. Eskisi kadar yüklenmiyorum kendime. Vicdanım rahatsa kimin neyi, neden yaptığıyla ilgilenmiyorum. Bir yanlış varsa şayet ve buna rağmen üzülen bensem sorgulamıyorum.

Onu öyle yaptı çünkü canı öyle istedi. Kırılıp kırılmamam önemsenmedi. O kırmayı tercih etti. Sadece haklı olmak yetti ona.

Artık

Artık kafamda belirsizlikler barındırmıyorum. Sonu gelmeyen cümlelere sağırım. Gizli saklı şeyler, ucu açık cümleler beni sadece kaygılandırıyor. Ve bunun bilinçli yapıldığını düşünüyorum. Bazı insanlar bunlardan keyif alıyor. Hiç huzuru tatmamış insanlar sadece kaostan mutlu olur. **Ve ne zaman mutlu olacak olsan mutluluğu bozacak bir hamleleri mutlaka vardır.**

Hiçbir şeyi eskisi kadar düşünmüyorum**. Takılmıyorum eskisi kadar çelme takanlara**. Kim nerede yürümek isterse yürüsün. Hayatı oluruna bıraktığımdan beri daha mutluyum. İnsanları olduğu gibi kabullendiğimden yapılan hatalar da sürpriz olmuyor bana. İnsan yara almadan büyümezmiş. Sızlandığım her olaya şimdilerde şükür ediyorum.

İyi ki olmuş, iyi ki yaşanmış ve birileri iyi ki gitmiş.

Düşün ve daha fazla yüreğini ezdirme yüreği olmayanlar karşısında.

Bana dürüstçe bir şeyler anlatıldığında kırılmış olmam çok önem arz etmiyor. İnsan dürüstlük karşısında birçok şeyi tolere edebiliyor. Niyetinin iyi olduğuna inandığın insanın hatası, diğerleri kadar yaralamıyor.

Ancak işin içine saçma sapan bahaneler girince affetmek bile içimden gelmiyor. İnsan salak yerine konuluyor bu durumda. Kendilerinin bile inanmayacakları bahanelerle geliyorlar size.

Hatayı hepimiz yapıyoruz ama onlar yanlış yapmayı tercih ediyorlar. Yüreğinizi inciten insanlara şöyle bir bakın. Gerçekten yüzlerinde bir pişmanlık ifadesi var mı? Yoksa sadece vicdan rahatlatmak için mi özür cümleleri sarf ediyorlar. Özür diledikleri anda affedilmeyi bekliyorlar. Kabahat, özürden büyük olur mu? Oluyor.

İyi düşün, seni düşüncelere iten insanları. Sen bu kadar iyi yaklaşırken, karşılığında iyilik beklemesen bile gördüğün kötülükler seni ne denli yoruyor?

Onların kalplerindeki kir yüzünden ne kadar yüklendin kendine?

Yola devam, huzur yolun bir yerlerinde sizi bekliyor olacak. Yeter ki adımlarınızı daha cesur atın.

Kaçıp gidemezsin belki ama kendine gelebilirsin.

Hayatından çıkardığın birisi varsa eğer oturup geri gelmesini, bir gün pişman olmasını bekleme. Bitmişse eğer nasıl davranayım diyerek düşünme. Üzgünsen üzül, mutlu gibi olmaya zorlama kendini, şayet için rahatsa ve eğlenmek istiyorsan eğlen. Artık yok, gitti senden.

Kendi hayatına göre kendin için yaşa. "Ne bana iyi gelir?", "Nasıl yeni bir adım atarım?" diyerek bu kez kendine zaman ayır. Yeterince ona göre yaşamadın mı zaten? Herkese danışma, sen yaşadın ve neyin neden olduğunu da en iyi sen bilirsin. Durup durup kanatma yaranı. İçin ne kadar acısa da geçecek. Sen eskide, geçmişte kaldığın sürece bu zamanı uzatacaksın sadece. Bir hafta sürecek olan acını yıllarca taşıyacaksın bedeninde.

Şerde görmediğimiz o kadar çok hayır var ki. Sadece sabretmemiz gerekiyor. Az daha sabır diyerek kendimizi teselli etmemiz gerekiyor. İlk günler ilk haftalar belki de ilk aylar kolay geçmeyecek bunu zaten kabullen. Hiçbir teselli ilk anda sana tesir etmeyecek sadece kafanı dağıtacak. Bir süre sonra kendine gömül. Kendinde gör her şeyi.

Vicdanın rahatsa bu masalın kahramanı sen olacaksın.

Ne kadar çok yorulduysam o kadar çok dinleniyorum şimdi kendi içimde...

Çok konuştum, çok anlattım, çok yanıldım. Öğrendim ki herkese her şey anlatılmazmış. Gerçek dost olmayan zaten dinlemezmiş. Merhem verecek kişi, size zehir de sunabilirmiş. Yaşaya yaşaya hepsini öğrendim. Ne kadar çok yorulduysam o kadar çok dinleniyorum şimdi kendi içimde. Olan biteni izlemek, bazen müdahale etmemek en güzeli...

Üzerine düşen her şeyi yaptığına inandıktan sonra sadece beklemek... Haklıysam kendimi anlatmak için yormuyorum cümlelerimi. Nitekim hür iradesiyle herkes kendi istediğine inanıyor.

Düşenleri kaldırmak için çok koştum, koştukça düştüm, yine kendim kalktım. Yaşadığım şeylerden kimseyi sorumu tutmadım. O kadar alışmıştım ki gerçekten sevilmediğime, yaptıklarımın bana da yapılmasını hiç beklemedim. Umudumu insanlara değil hayallerime bağlamama gerektiğini öğrendim.

Ben insanların hep sığındığı, konuşmak için geldiği, hal hatır sormadığı bir nesneydim hayatlarında. Onların bana ihtiyaçları olduğundaki varlığım yetiyordu onlarda.

Ne kadar çığlık atsam da vicdanları sağır olmuş kimseye duyuramadım kendimi. Sessizliğim biraz da ondan.

Sonu belli olan yollarda yürürken geri adım atmak, ileri gitmektir.

Bazı hisler vardır sonu karanlıktır ama sen yine de o karanlığa koşmak için can atarsın. Ben buna "yalancı umut" diyorum. Bu his, insana olmayacağını bildiği bir yolu olacakmış gibi gösterir. Sonu çıkmaz olan yokuşlarda ter döktürür ama sonunda hiçbir yere varamaz insan.

Elbette umut etmek, en güzel duygudur. Umudunu asla tüketme. Lakin yalancı umutlara bağlanıp gidersen, gerçek umutlarının katili olursun. Her yolun sonu çıkmaz gibi görünür sana. Oysa çiçeklerle bekleyen yollar var kaderinde.

Seni hiç sevmeyen bir insanı beklemek ne kadar mantıklı? Bir gün belki sever diye, yılları ardından sürüklemek insanın sevilme duygusunu elinden alır. Hani bazen insanlar kötü, ben asla sevilmem gibi isyankâr cümleler kuruyoruz ya, sebebi biraz da bu. Kendimizi bu noktaya biz getiriyoruz. Bizi görmeyen bir insan için diğer insanlara kör oluyoruz. Bize çıkmaz sokaklar bahşeden insan için çiçekli yolları kaçırıyoruz.

Sonu belli olan yollarda yürürken geri adım atmak, ileri gitmektir. O yolun başıdır aslında, başkası için yürüdüğün yolda geriye dönmek insanın kendi içine doğru yürümesidir. O yol seni sana getirecektir.

Emek verdin diye daha fazla tahammül ettiğin insan, sana karşı emek vermediğinden o emeklerinin bir anlamı asla olmayacaktır.

Her şey güzel olacak. Belki biraz daha canın yanacak ama bir süre sonra boşuna üzüldüm diyeceksin. Hayat seni ummadığın anda çiçeklendirecek. Şu an döktüğün her gözyaşı, gönül toprağındaki tohumlara yağmur olacak.

Kendi kul hakkına girdiğini unutma.

Seni anlamak istemeyen insanların peşinden sürüklenmeye devam ettiğin sürece onların hayatını yaşayacaksın. Zaman akıp giderken avuçlarından, yaptığın iyiliklerin adı; "Yapmasaydın." olacak. Ektiğin çiçekleri ezerken bile bahaneler bulacaklar. Senin güzelliğine duyarsız olan insanların peşinden gitme. Sendekini görebilen insanlar yeşersin ömründe.

Seni seven insanlar için düşünmeden emekler ver, ellerinden tut. İçine huzursuzluk katan, türlü türlü oyunları olan, küçük planlar peşinden giden kimseye vaktinden harcama. Hayat yeterince kısa. Geriye dönüp baktığında her şeyi gülümseyerek hatırla. Keşke yapmasaydım deme asla. Çok şeyden habersizdin sadece.

İyi ki yaptın, hatta iyi ki nankörlüklerle karşılık gördün. Geçmişle yaşanmaz belki ama geçmiş her zaman ayna tutar geleceğe, bakmasını bilirsen. Yüreğinde taşıdığın insanlar, seni yanlarında bile taşımıyorlarsa bazı hayatlarda yük gibi hissedersin kendini.

Oysaki sen yük değilsin, o insanın hayatında belki de ona en çok değeri verensin. Bunun bilincinde değilse her defasında giden oysa ve bekleyen sensen biraz da kendini sorgula. Kendi kul hakkına girdiğini unutma.

Bir parça sevgi sunacak diye tüm sevgini harcadığın insan, günün birinde seni harcadığında anlayacaksın, sevmeye önce kendinden başlaman gerektiğini...

Geçmişin acısını kimseden çıkarma.

Bazen sevdiklerimiz bize o kadar çok sabrederler ki onlar sabrettikçe biz daha çok arsızlaşırız. Beklediğimiz o sevgi, bize sunulunca yine memnun olmayız. Mutlu olmamız gereken durumlardan bile hoşnut kalmayız.

Mücadele etmeye o kadar alışmışızdır ki, hayat kendiliğinden problemsiz bir şekilde ilerleyince karşıdan bir dağ yıkılacakmış tedirginliği olur içimizde.

Kendimizi bazen sevgiye layık görmeyiz. Daha önce ezilen çiçeklerimize bakıp, kendimizi beğenmeyiz. Yeniden yeşerecek olan hiçbir umut, yetmez bize. Kırılan taraflarımızın sesini dinleriz sadece. Eski acıları, yeni mutluluklara karıştırırız. Geçmişin acısını kimseden çıkarma.

İyi insanlar var hâlâ. Sen iyisin mesela. Senin de hikâyen iyi insanlarla tamamlanacak. İyi insanların değerini anlamamız için de bir sınava tabi tutuyor hayat bizi.

Bazıları kadar şanslı olamıyoruz, belli şeyler bize altın tepsiyle sunulmuyor, savaşarak kazanmamız gerekiyor.

Dersimi aldım deyip defalarca
aynı hatanın ortasında buluyorsan
kendini, daha kendini bulmana
çok zaman var demektir.

Herkesin acısı kendine münhasırdır.

Acı, her yürekte farklı farklı yükler edinecek bir boşluk bulur. Kimine aşk acısı kıymıkken, kimine hançer gibi saplanır. Kimine dost acısı ağır gelir, kimine yalnızlık. Kimisi parayla imtihan olur kimi sevdikleriyle.

Kederler bazı insanlarda sessizlik olup gizlenmesi gereken bir suskunluk eylemine dönüşürken, bazı insanlarda çığlık çığlık feryada dönüşür. Herkesin acısı kendine münhasırdır ve yaşama biçimi ne olursa olsun yaşanmaya muhtaçtır. **Yaşayamadığımız ve bastırdığımız, yok saydığımız her acı, geleceğimize yaptığımız en dayanıksız yatırımdır**. Ummadığımız bir anda yoklar yüreğimizi, darmaduman eder.

Acısını hak ettiği gibi yaşayamayan insan, tıpkı kozasında kelebek olmak için debelenen bir tırtıla benzer. Ne yapsa da bir türlü yırtamaz etrafına ördüğü o tülden duvarı.

Şimdi karar senin; kozada debelenen tırtıl olarak mı yaşamak istiyorsun yoksa rengârenk kanatları olan bir kelebek mi?

Hayat bazı insanlar için savaşmaya değecek kadar uzun değil.

Sen kendinden versen de karşılığını alamayınca kendinden olursun. Haklı çıkmak, özür dilemekten daha önemli olabiliyor bazıları için. Bu şekilde kazandıklarını düşünüyorlar ama hayatta bir insanın kalbini kazanmaktan daha büyük bir başarı olduğunu göremiyorlar.

Merhamet duygusunu siyaha boyamış insanlara rengârenk çiçeklerle gidemezsin. Kimi insanlar koskoca bir hüsrandan ibarettir. Koca bir yanılgıdır. Dürüstlükten bahseden insanların ağzından hiç duymadığın yalanları işiteceksin. Yaralarının yerini bilen insanlar, daha çok kanatacak seni. Güvenerek içini açtığın kadar ihanet edecek kimileri.

Herkes olmak istediği gibi davranıyor nedense. İyi olmak, oldukça kolayken iyi insan rolü yaparak geçiyor kiminin ömrü. İyilik her kalbe yakışmıyor nihayetinde. Kimine beş beden büyük geliyor bir şekilde ve belli ediyor gerçek kimliğini.

Bazıları sadece hüsran duygusunu sana tanıtmak için uğrar hayatına. Hüsran; umulan bir şeyin elde edilememesinden doğan hayal kırıklığının adıdır. Arapça hasara sözcüğünden gelir.

Hüsran, hasara uğramaktır.

Ben en çok Allah'ın adaletine inandım. İyi insanlar için güzel gelecek hazırlayana güvendim. Ve ben Allah hariç güvendiğim her şeyde yarım kaldım, yanıldım.

"Kolay olmayacak elbet üzüleceğiz, mutlaka bir iz bırakacak."

Böyle demiş Sezen Aksu. Herkes çektiği acının çabuk dinmesini ister, hemen unutmak, hemen yeni güzel günlere başlamak ister. Yaraları çabucak kapatmak, yeniden güvenmek ve eski olanın geçmişte kalmasına müsaade etmek. Eğer hemen başlanabilseydi yaşanılanlardan ders alınır mıydı? Eğer hemen başlarsak, yeniden aynı taşa takılmaz mı gülüşlerimiz?

Yaşanan günler ne kadar güzelse sonrasında yaşanacak olan sızılar da o kadar derin oluyor. Bırakın geçmişten izler kalsın. Kalsın ki, her içinize baktığınızda ne kadar güçlü olduğunuzu görün, ne yaşamış olursanız olun hâlâ gülümsediğiniz için sevinin. Her bitiş yeni başlangıçları getirir beraberinde. Nasip vardır, ne varsa kaderde bazen o sunulur sana. Biten yollar seni her daim güzel yollara iletmez, hatta yeni bir yol bulana kadar çok yürümen gerekebilir.

Unutma eğer gönül pusulan güzelse yüreğin seni her zaman mutluluğa, huzura götürecektir.

Güzel çocukların güzel anıları yok.

Gülen gözlerinin ardına sakladıkları hüzünleri kim olsa saklayamaz. Tek umudu hayalleri olan minik elleriyle hayata tutunan her çocuk cenneti gizler yüreğinde.

Benim özleyebileceğim bir çocukluğum olmadı. Saklayabileceğim bir bebeğim olmadı. En çok da buna içerliyorum. Hayallerimin nazar boncuğuydu, suya düşmeleri.

Bir çocuğun kalbine merhamet işlemişse bir daha çözülmez. Güzel bir nesil yetiştirmek, güzel bir çocuk yetiştirmekten geçer.

İnsanları anlamak her geçen gün zorlaşıyor farkında mısınız?

Kimin için ne kadar mücadele edeceğimizi bilmediğimiz bir çabanın içerisinde can çekişiyoruz. Temkinli olacağım deyip yaklaşsak iyi, iyi olarak gitsek kötü olabiliyorlar. Kimden ne zaman ne geleceği belli olmuyor asla.

Saf kalbinle gittikçe saflığın kalpten değil akıldan olduğunu düşünüp sömürmeye başladığını gördüğüm herkesi görmezden gelmeye başlayalı çok oldu. Kimse durduk yere tahammülsüz birisi hâline gelmiyor. İnsan emek verdiğine utanıyor. Savunduğum kim varsa, "hiç kimse" hâline geliyor zamanla. Güzel yere koyduğum insanlar yerini yadırgıyor.

Tavırları "Ben gün geçtikçe nankörleşiyorum." demeye başladıkça ben de onları hak ettikleri yere bırakıyorum artık. Bazı insanlar sevgiyle değişmezmiş bunu o kadar net gördüm ki. Ayrıca, o olmadan yapamam dediğim insanları hayatımdan çıkardığımdan beri daha sağlıklı uyanıyorum.

Her an kötülük yapmaya müsait insanlardan iyilik beklemek insanın kendisine yaptığı kötülüktür. Saçma bir beklentiden başka bir şey değildir. Evet, çok geç idrak ettim. Hatta yıllarımı aldı bu durum.

Zaman geçtikçe daha net görebiliyorsun.
Şu an seni yıkan şeyler aslında gelecek için yeniden inşa eden şeylerdir.

Her zaman güçlü olmak sizi daha değerli kılmaz. Biraz mola vermek de sizi daha az değerli kılmaz.

Unutkanım ben, çabuk unutuyorum, neden kırıldığımı bile.

Ne kadar kırsalar da, yolun başında güvendiysem eğer asla o güvenin zedelenmesine izin vermiyorum. Kendi içimde insanları haklı çıkarmaktan o kadar çok yoruldum ki. Yoluma gelen herkesi sırtımda taşıdım. Ben yorulduklarını düşünürdüm, meğer onlar yürümek dahi istememiş benimle.

Kafamdaki insan kişiliğini değiştirmiyorum. Israrla o öyle düşünmemiştir diyorum, kalbim kırılsa bile. Ne kadar üzülsem de sevdiğim insanlar üzülmesin diye belli etmemeye gayret ediyorum. Kimsenin kırgınlığımla ilgilendiği de yoktu üstelik. Ne kadar değiştim desem de, temelleri oturmuş insanları değiştiremiyorum yüreğimde.

Unutkanım ben, çabuk unutuyorum neden kırıldığımı bile. Bazı insanlar zaman kaybı olarak kalıyor gönül hikâyemde. Ne kadar emek verirsen ver değişmiyorlar. Değer görmediğin gönüller, senin verdiğin değerle ilgilenmezler asla.

Sabahattin Ali'nin de dediği gibi; "İnsanları olduğundan farklı görmekte ısrar edişime içerliyorum."

İnsanız ya, sabırsızız.

Sevilmiyoruz çünkü sevmeye o kadar alışmışız ki, hep kendimizden vermeye, kendimiz gitmeye alışmışız. Öyle anlar geliyor ki sevildiğimiz de bile o sevgiye layık görmüyoruz kendimizi. Çok sevilmediğim zamanlar oldu, o kadar çok sevilmedim ki, ben bile kendimi sevmemeye yemin ettim. Tırnaklarımı geçirip etime, gittim kendimden.

İnsanız ya, sabırsızız. Hemen olsun isteriz, hemen gelsin gelmesi gereken kimse. Hemen sevilelim. Sevilmedik çünkü çok emek verdik, kırıldığımızda bile kırık kalbimizle özür diledik. O kadar çok inandırdılar ki bizi çabalayan kişinin biz olduğumuza.

Aslında bazen geri durmak gerekir. İnsanlarda ne kadarız, kim bizim için savaşacak, kim bizim için emek verecek? Sanırım bizim için çaba gösterilmesine fırsat vermiyoruz.

Oysaki insan emek verdiğini daha çok sever.

Her insan için sabır gösterilmezmiş, bunu sabrımın kalmadığında hissettim.

Hayatta en önem verdiğim şeyler, dürüstlük ve samimiyet. Onun dışında geri kalan her şeyi aşabilirim. Çok büyük beklentilere girmem asla. Yaptıklarımın karşılığını da beklemem lakin her insan gibi karşılığında aldığım nankörlükleri aşamıyorum. İyilik ektiğim gönülden gelen kötülüğü hazmedemiyorum. Bir yere kadar sabredebiliyorum, o yerden sonra kendi yoluma geçiyorum. Her insan için sabır gösterilmezmiş, bunu sabrımın kalmadığında hissettim.

Her şey karşısında savaşırım ama beni savaşın ortasına bırakıp düşmanıma da kendi eliyle silahı verip sonrasında sırtımı sıvazlayan insanların pişkinliğini aşamam. Yapamam. İyi niyeti salaklıkla karıştırmayın.

Sizi iyi niyetiyle affeden, her defasında alttan alan insanlar hiçbir açıklama yapmadan en ufak patlamada çıkar hayatınızdan. Nasılsa gitmeyecek diye düşündüğünüz o insanı arasanıza bulamayacağınız bir gün gelir. Sabrını sınadığınız yerden sınanırsınız siz de. Çünkü kimse sahipsiz değil. Rabb'im bütün kullarıyla yakından ilgilenir.

Kimseye bile bile kötülük yapmadım yapmam da. İntikam hakkım varken bile ben o intikam hakkını Hakk'a bıraktım her daim. Çünkü kader bu konuda daha yaratıcı... Her defasında yanlarında oldum, her aradıklarında koştum.

Benim yapacağım en büyük kötülük, onların kötü gününde artık yanlarında olmamamdır. Bu da onlara yeter. Bazıları intikama değmez.

Hayat, kazanılması gereken bir zafer meydanı değildir. Yahut duvarla çevrelediğinizde sizi her şeyden, herkesten koruyan bir kale de değildir.

Ruhumu bedenime dikmekle uğraştım. Biraz yaralı, biraz yamalı olmam hep bundan.

Ruhumun sıkışıp kalan yanını çıkaramıyorum geçmişimden. Bir yanımın eksikliğini fazlasıyla hissediyorum. Bir yanım hep yaralı. En çok sevdiğin insanın en sevmediği olmak yarı ölüm gibi...

Ruhumu bedenime dikmekle uğraştım. Biraz yaralı, biraz yamalı olmam hep bundan. Bir adım ileri bir adım geri sürüklenmelerim sebebi hep bunlar. İçimde büyüttüğüm bulutların manzarasını hep başkaları izledi. **Ben gecenin yıldızlarına salıncak kurup sallandım durdum.** Bu baş dönmeleri sanırım ondan.

Hep insanların hayatlarının kıyısında oldum, kıyılarında dolandım, bu biraz intihar gibiydi. Çiçekler sunduğum o gönüllere bir türlü davet edilmedim.

Kendisine yapılmasından hoşlanmadığı her davranış bana yapıldı da sesimi çıkarmadım, sessiz sessiz, çığlık ata ata hayatlarından gidişlerim de bundan.

Kalbiniz, gerçekten kalbi olana denk gelsin.

Herkes bir kalbinin olduğunu iddia etse de, düşünmeden kalp kıran o kadar çok insan var ki. Hayat yolunda yolunuz, yaralarınızı sevenlerle birleşsin. Sizi, siz olduğunuz için seven insanları sevin. Değiştirme çabasına girmeyen insanlar için çaba gösterin.

Her defasında kendisini haklı görenlere karşı asla haklı çıkamazsınız. Ya sizi geçmişinizden vururlar ya da geçmeyen yaralarınızdan. Kalplerindeki sinsilik gülüşlerinden akar.

Siz, gülüşünde çiçekler açanlara koşun. Zor olsun, güzel olsun diyerek ısrarla sizi hırpalayan insanlarla zaman kaybetmeyin. Bunun adı aşk değil, bunun adı kendinize değer vermemek. Sen kendine değer vermiyorken bir başkası sana nasıl değer verebilir ki? Sürekli çabalayan olmak sizi güçsüzleştirir ve insanlar güçsüzleri asla sevmezler.

Sömürebildiği kadar sömürüp sonrasında giderler. Sen, "Neden bitti?" diye düşünüp hâlâ hatayı kendinde ararken o çoktan yeni hayatına başlamış olur.

İnsanların yüreği de yaşattıkları da mevsim gibidir, kimisi baharı serer ömrüne, kimisi yazını kışa çevirir.

Bazı şeylere o kadar geç kalmışım ki.

O kadar sessiz kalmışım ki. Ben sessiz kaldıkça haksız olanlar kendisini haklı görmüş. Haklı olduklarına hep inandılar. **Anlarlar dedim ama vicdanını susturmuş, her olaya kendisi açısından bakmış bir insan anlamazmış, geç anladım.** Ben bir insanı yanlışlıkla incittiğimde bile rahat uyuyamıyorken insanların, haksızlığı karşında kendisini haklı görüp diretmelerini asla anlayamıyorum. Benim gücüm artık kendime kadar, belki düzelir diye emek veremiyorum. Çünkü bazı insanları sevgi bile iyileştirmez.

Artık kim kendisini haklı görmek istiyorsa görsün diyorum. Hayatımda çok önemli bir yere sahip değilse düşüncelerimi anlatmak için diretmiyorum. Biliyorum ki, herkes her şeyin farkında. Yapılan şeyler yanlışlıkla yapılmıyor. Belki o anda bilerek yapmamış olsa bile ben durumu anlattığımda, kırgınlığımı dile getirdiğimde hâlâ anlamıyorlar. Ee bu durumda kime neyi anlatacaksın?

Hatasını kabul etmeyen insanlar kendisini geliştirmemeyi kabul etmişlerdir. Ee durum böyleyken, kendisini bu şekilde kabul eden insanı neden değiştirmek için uğraşayım ki? İçinde iyilik barındıran insanların küçük hatalarını görmezden geliyorum. Fotoğrafın bütününü görmek beni rahatlatıyor.

Ya kabul edip devam edeceksin ya da hayatından çıkaracaksın. Sürekli şikâyet etmek bir süre sonra gıybete dönüşüyor. Yanında mutlu gibi görünüp arkasından "Bana bunu yaptı." demek çirkin geliyor bana.

İnsanlar birbirlerinin yüzüne gülüp arkasını döner dönmez suratlarını ekşitiyorlar.

An geliyor, tüm benliğimden geçiyorum.

Günümün çoğu düşünmekle geçiyor. İnsanların kötülüğüne anlam veremiyorum çoğu zaman. Gereksiz kibirler, ego savaşları anlamsız geliyor. Hani hep diyorum ya "İnsan insanın aynasıdır." diye, insanlarda gördüğünüz güzellikler de eksiklikler de kendinizde olan şeyler esasında. Ve farkında olmadan haset duygusunu besliyor herkes bu da çok tehlikeli.

Kötü duygular önce sizi mutsuz eder. Mutsuz insanlar da mutlu insanlara tahammül edemez. Bu gereksiz duygulardan kurtulmanın en güzel yolu, karşınızdaki insanlara bakınca onlarda kusur aramak yerine güzellikler görmektir. Her insan özeldir, her insan sizin bilmediğiniz savaşlar verir, bu nedenle biraz daha ılımlı olmaya gayret edelim. Son zamanlarda yaşanan bunca olumsuzluklar bir nebze de olsa hepimize dünyanın geçici olduğunu hissettirdi.

Fazlasıyla oturup düşünmeye vaktimiz oldu.

Bu da benim bana sözüm olsun.

Bir insan size iyilik yaptığı zaman ya da herhangi bir durumunuzu alttan aldığı zaman bu, o insanı kandırabileceğinizin kanıtı değildir. Aksine onun güzel bir yürek taşıdığının kanıtıdır. Benim bu hayatta gördüğüm en kötü şey kime ne kadar iyi davranırsam o kadar çok geri planda gördüm kendimi. Oysa kendime şöyle bir baktığımda anlıyorum ki, birisi bana iyilik yapsa ben onu kandırmaya yeltenemem, vicdan**ım böyle bir şeye izin vermez.**

İnsanların vicdanı kendilerini öyle güzel kandırıyor ki. Hayat bana ne yaşatırsa yaşatsın, ben kimseye kötü bir şey yaşatmayacağım.

Umutsuzluk, gökyüzünün göründüğü ama yüksek duvarlarla boğuştuğun bir duygudur. Çaresizlik, dört duvar arasında insana uçmayı öğretir.

Bir deprem hissettim yüreğimde. Başkasını mı sevmeye başladın?

Bu his kapıları yüzüme çarpıyor tokat gibi. İyi bir insan olduğuma beni sen inandırdın. Bu gidiş beni kötü birisi olmaya itti defalarca. İyi olmak yetmedi seni kaybetmemeye.

Bir deprem hissettim yüreğimde, sisli bir ormanda içimdeki kız çocuğunu kaybetmişim gibi bir his var bende. Çekip çıkarabilseydim seni içimden, elbette çıkabilirdim, o kötü düşüncelerimin de içinden. Ruhumuzu yaşatan içimizdeki kız çocuğudur, umuttur, şımarıklıktır ve biraz da küsmektir. Ruhum bana küseli çok oldu.

Çok oldu kendimden gideli,
sana geleli, kendime gelemeyeli...

İnsan ruhunda ve kalbinde taşıdıkları kadarmış.

Tepeden tırnağa kırgınım şu sıralar. Ne zaman değişmeye başlasam kendi içime çekiliyorum. Bazı şeyler bazen anlatılmaz. Deli zanneder, delirmenin eşiğine gelmeyen.

Belli duyguları kaybettiğimi o kadar net hissediyorum ki, önce bir boşvermişlik oluyor, o olmadan da yaparım zannediyorsun, her şeyi ona verdiğini sonradan anlıyorsun. İnsan kendisinden çok, emek verdiği her şeyden pişmanlık duyar. Tonlarca ağırlığı koynuma bırakıp gittin ya gittiğin her yer sana ağır gelsin, başladığın her şey ayrılık getirsin. İnsanı insana küstüren, zorla konuştuğu duygularmış, olmayacağını anlayınca orada bırakmak lazımmış. Senin kalsın diye çabaladığın herkes, istisnasız herkes o anda gider. Aklı gider önce sonra duyguları.

Sen kaldı diye sevinirken gün gelir, seni de senden alır öyle gider.

Lastiği patlamış bir arabayla
uzun yola çıkılmaz artık.

Hiçbir başlangıç kolay olmuyor.

Alıştığın bir acı bile varsa onu bir anda bırakamıyorken insan mutlu olduğu süreci nasıl bırakabilir değil mi? Ben farkında olmasam da, üzüldüğüm her durum beni bir sevince hazırladı. Şu an ne durumda olursan ol, bitmez gibi görünen her şey son buluyor. Eğer kalbin güzelse yeni başlangıçların her zaman mutlu olacak.

Hayatımıza kim girerse girsin bize bir şeyler öğretiyor. Kimisi vefayı, kimisi vefasızlığı... İnsan büyümemek için çok direnir. Ne yaparsa yapsın bir şekilde yaşını hatırlatacak olaylar yaşıyor. Bir an geliyor ve büyüdüğünü hissediyorsun, işte o andan sonra eskisi gibi olamıyorsun.

Bir sabah başka uyanacaksın. Sol yanında eskisi gibi bir sızı olmayacak mesela. Anneni daha çok

seveceksin. Seni yanıltmayan tek şeyin anne sevgisi olduğunu göreceksin.

Bazen küsmeye bile hakkım yokmuş gibi hissediyorum. Küsemem, gönül koyamam gibi. İnsan ya gönlünün alınmayacağını bildiğinden ya da karşı tarafa kıyamadığından böyle oluyormuş demek ki. Lastik gibi uzayıp giden düşünlerimi gerçekler jilet gibi kesiyor.
Bazen gönlümün alınması gerekmiyormuş gibi. O kadar ikna olmuşum ki bu duruma. Haklı olmaya hakkım yokmuş gibi.

Umut hep var.

En dipteyken bile ne zaman çıkacağını düşünürsün. İstediklerin olmasa bile istemekten vazgeçmezsin. Hayat ne kadar acımasız tokat atarsa o kadar güçlü olursun. Ne de olsa öldürmeyen acı güçlendirir öyle değil mi?

Hayat bizim için en güzelini bilir. Acı da çeksen bir süre sonra onu neden yaşadığını fark ediyorsun, yangının ortasında bunu fark etmemen çok normal. Bir anne düşün, çocuğu ağlasa da uyutur, yemek yemese bile o yemeği bir şekilde yedirir ona. Çünkü anneler her şeyin en iyisini bilir. Hayatı da öyle düşünün.

Bugün sizi ağlatan olay belki de yarın gülümsetecek.